AF445936

10 días antes de San Valentín

(Serie Días especiales 2)

10 días antes de San Valentín

ANNE ABAND

ISBN: 9798798570126

Registro propiedad intelectual : 2201090211613
Diseño de cubierta: Roma García
Correcciones: Sonia Martínez

www.anneaband.com
anneaband@gmail.com

Sé que voy a quererte sin preguntas, sé que vas a quererme sin respuestas.
Mario Benedetti.

Ama un solo día y el mundo habrá cambiado.
Robert Browning.

Índice

Día 10 antes de San Valentín (5 de febrero, viernes)

Si me dieran un euro por cada vez que las pesadas de mis amigas piensan en un tío para mí, sería millonaria.

Por supuesto que no me niego a salir con hombres, la verdad es que lo hago y quedo con diferentes conocidos, a veces me doy una alegría al cuerpo, que ya tengo treinta y es una tontería reprimirse. Pero la verdad es que no he encontrado esa persona que me llene, con la que compartir mi vida y tener un *happy end*, como mi amiga Jenni lo tiene con David.

Menuda pareja de tontos. Toda la vida juntos, los mejores amigos, viviendo ya en el mismo piso, y habiendo disfrutado de la cama, después quedaron en nada. Si no llega a intervenir Robert, el primo de David, cuando se llevó al huerto a Jenni, ninguno de los dos se hubiera dado cuenta de lo locos que estaban el uno por el otro. Y ahora, hay que verlos. Están todo el día besuqueándose. Hasta Alicia, la hermana de David, se va avergonzada de vez en cuando.

Y lo peor es que se van a casar este verano. Y para entonces se han propuesto que yo tenga pareja, así, como si fuera algo tan fácil.

Como si fuera entrar en una tienda de ropa y encontrar una chaqueta que se ajuste bien a tu cuerpo, sin que sobre o falte en algún sitio. No. Ya se lo digo y repito. Los hombres son complicados, como las mujeres. No es fácil que aguante mi vitalidad o mis ganas de hacer cosas e incluso mi afición a gastar alguna broma o a cantar o reírme escandalosamente. El último que me presentaron fue un abogado y se puso colorado cuando, en el restaurante de lujo al que me invitó, me dio un ataque de risa. Casi se va dejándome con la cuenta. Por supuesto, no volvió a llamarme.

No digo que no sepa comportarme. Por supuesto que sí. Pero me gusta actuar de forma libre, ser yo misma, sin tener que fingir. ¿Hay un hombre que aguante eso? No lo sé.

Entro a la oficina donde trabajo con mi sonrisa habitual. Saludo a mi jefa que, como siempre, empieza a las ocho de la mañana. Heredó la agencia inmobiliaria de su padre y tiene esa necesidad de cumplir mucho más. Y eso que tiene un par de años más que yo. Yo trabajé con su padre y es cierto que era muy estricto, pero era justo. Don Justo. No es que le pusiera apodo, es que se llamaba así.

Se me escapa una risita antes de dejar el abrigo y sentarme delante del ordenador. Mi compañero Quique me mira y me sonríe. Él también es puntual, pero por otros motivos. No me lo dice, pero creo que está colado por mi jefa. En realidad, no lo creo, lo sé. Siempre está diciendo que Ágata es tal o cual, o lo mucho que trabaja o cómo está sacando adelante la agencia; vamos, que se le nota. Pero lo único que sale de él son miradas más o menos lánguidas hacia la mesa de nuestra jefa. Debería decidirse.

Enciendo el ordenador y abro mi correo y mi agenda de citas para hoy. Normalmente no suelo ir a enseñar pisos u oficinas, porque para eso tenemos a nuestro Herminio, un militar jubilado que es un encanto y súper educado. Pero hoy mi querida amiga Jennifer me ha pringado especialmente.

Resulta que el hijo de un primo de su madre, que es yanqui, tiene una oferta de empleo en una industria papelera de la ciudad. ¿Quién querría venir a trabajar aquí viviendo en Estados Unidos? A saber qué problemas tiene. El caso es que me ha pedido que, por favor, le enseñe pisos o mejor, si hay algún adosado al guiri. Y, claro, en el momento en que mis amigas me piden algo, he de decir que voy, aunque me fastidie la mañana. Dicen que soy independiente, pero a ellas nunca he sabido negarles nada.

Así que estoy esperando que venga el guiri y preparando los cinco pisos que vamos a ver, en concreto, tres pisos y dos adosados. Se lo he comentado a Ágata y, por supuesto, no ha habido problema.

Reviso la agenda y paso un par de contratos de alquiler al departamento legal para que cambien un par de cosas y se me pasa el rato. Es la hora del café y el tipo no ha venido. Mando un mensaje a Jenni para que me asegure que le dio la dirección adecuada. Ella me dice que sí. No me gusta que sea impuntual.

Me levanto molesta y me pongo el abrigo porque Quique se va a pasar a tomar un café y a traerle uno a Ágata, que no abandona el puesto casi ni para ir al baño. ¡Qué obsesión! Mira que le digo que tiene que divertirse, echarse novio, echar un polvo, claro, y me mira como si me hubieran salido dos cuernos verdes en la frente. Y eso que su padre, don Justo, vive con su mujer tranquilamente en Benidorm sin pedirle cuentas de la agencia. Creo que tiene un grave problema de autoexigencia.

Un tipo alto y con barba corta está de pie, en la puerta, de lado, mirando el móvil. Tiene las espaldas anchas y el pelo algo largo. Está frunciendo el ceño, y al final saca unas gafas y se las pone. Cuando ya le voy a decir si se puede apartar del medio, se vuelve hacia nosotros y nos habla.

—Buenos días, busco a Cristina —dice arrastrando la r.

Con esas pintas, me imagino quién es. Ya me ha fastidiado el café, y me moría de hambre.

—Soy yo —le digo sonriendo un poco.

—Soy James, el primo de Jennifer —su forma de decir Jennifer, a lo guiri, me suena la mar de sensual. No como cuando yo la llamo Jenni.

—Bien, pues ya que estás, iremos a ver los pisos. ¿Quieres tomar un café? —pregunto esperanzada a ver si me da tiempo de tomar un pincho de tortilla.

—No es necesario, mejor vamos a ver los pisos —titubea al ver mi cara ligeramente decepcionada—, esto, gracias.

—Está bien, vamos.

Me despido de Quique, que se aguanta la risa y se va a tomar un café y mi pincho de tortilla. Mi estómago gruñe al pensar en ello. Mi coche está en el garaje cercano y me doy cuenta de que igual es un poco pequeño. El tipo debe medir cerca de metro noventa y yo llevo un Peugeot 106, muy práctico para aparcar, pero poco para tíos grandes.

Le abro la puerta y arquea las cejas como pensando en la manera de sentarse ahí. Me encojo de hombros y entra con dificultad. Tiene la cabeza algo ladeada porque literalmente el techo es demasiado bajo y procuro no reírme, aunque sé que en algún momento puedo estallar. Él está serio, preocupado. Supongo que estará pensando dónde se habrá metido. Me muerdo los labios para no reírme.

—Empezaremos por un piso en el barrio del Actur. Me dijo tu prima que querías un sitio tranquilo y no céntrico, con poco tráfico. Ahí hay dos que quizá puedan interesarte.

—Está bien.

Cruzamos el puente y conduzco hacia una de las calles principales. Después, tuerzo a la derecha y entro en esas calles que hay en el barrio que no tienen salida, sino que es como una manzana donde solo se puede aparcar y entrar y salir por el mismo sitio. Así, no da a calles principales y hay poco tráfico. Aparco enseguida y salimos.

—¿Qué te parece la zona?

—Parece bien —dice lacónico.

Creo que el tipo no es muy hablador. Así que, con las llaves en la mano, entramos en el portal. El piso tiene pocos muebles, pero es luminoso. Le enseño las habitaciones y la cocina.

—¿Te gusta?

—Sí, pero vemos más.

Toma algunas fotos con el móvil y nos vamos a ver los otros pisos. Hacemos lo mismo, él sin apenas hablar. El último es «el adosado», mi favorito. Desde que entró en la agencia, he pensado que es donde me gustaría vivir. Está dentro de la ciudad y tiene un jardín de unos veinte metros. La casa no es muy grande, unos cien metros en el interior, pero está bien aprovechada. Cuando lo veo, me veo allí, con un jardín e incluso una pequeña fuente de esas zen. Por supuesto, me encantaría que Jennifer y David lo decorasen.

Suspiro y miro a James que también me estaba mirando.

—Me quedo este —dice y, en parte, creo que me molesta.

O sea, yo vivo temporalmente en casa de mis padres porque estuve saliendo con un chico y me fui a vivir con él, pero luego cortamos y como me acababa de comprar el coche, no tenía mucho dinero para alquilarme algo tan chulo como esto. Así que tuve que volver a casa de mis padres, que me acogieron encantados, pero tengo ganas de volver a independizarme.

—Buena elección —acabo diciéndole.

Este adosado no tiene casi muebles pero la cocina está recién reformada.

—¿Hay opción a compra en caso de que me interesase? —pregunta y el estómago se me retuerce.

—Creo que sí —digo vaga—, lo preguntaré. ¿Le vas a pedir a tu prima que te lo decore?

—Si le parece bien, sí. Yo no tengo mucha idea de muebles.

—Eras químico, ¿no?

—Sí, ingeniero químico.

No logro sacarle nada más. Mira de nuevo todo, sin esperarme. Sube a las habitaciones y yo salgo a la terraza y me siento en el pequeño escalón que sube a la cocina. Las vistas son estupendas porque no hay edificios justo delante.

Sale a la terraza, esquivándome y da unos pasos, como midiendo el espacio.

—¿Tienes perro? —me pregunta y niego con la cabeza.

—Yo voy a comprarme uno. En unos meses.

—Me parece bien, los perros hacen mucha compañía, sobre todo si estás solo —intento sonsacarle. Lo mismo tiene novia o esposa y luego vienen aquí.

—Estoy solo —lo dice frunciendo el ceño y me fijo un poco más en él. Ya he dicho que es alto, con el cabello castaño despeinado y algo de barba. Sus ojos son azules, pero no claros, y tiene la nariz recta. La verdad es que ahora que me fijo es guapo. Rectifico, está muy bueno. Con esas pintas de deportista americano cachas.

Sale hacia la puerta, deseando marcharse y yo también. De vuelta al coche, se coloca de nuevo con la cabeza inclinada y conduzco hacia el centro. Al menos, será una buena comisión, porque el alquiler no es de los más baratos. Sin embargo, estoy triste.

En la oficina, firma los papeles. Su nombre completo es James P. Anderson y tiene treinta y tres. Se aloja en un hotel y con una breve despedida y la parte de su contrato firmado, se va de la oficina.

—Enhorabuena, Cris —dice mi jefa—, ese adosado es monísimo, aunque sea algo caro. Supongo que no tiene problema de dinero.

—No, desde luego. Mira el cheque, fianza, alquiler de tres meses… y no ha dicho nada del precio.

—Allí en Estados Unidos todo debe de ser algo más caro —contesta Quique—. Te he traído un pincho de tortilla por si acaso te daba tiempo de almorzar.

—Eres un sol —digo abrazándolo. De reojo veo que Ágata se gira. Eso me da una idea, y no es nada buena. Creo que a ella también le gusta y la verdad es que es guapetón, algo delgado, alto y agradable. Me voy a poner en modo celestina como hice con Jennifer.

Si antes pienso en ella, antes me llama.

—Hola, Jennifer —digo imitando el acento del guiri.

—Me ha dicho James que ya tiene casa y que si podemos pasar el finde a tomar medidas para decorar. ¿Tendrá ya las llaves?

—No, porque la dueña vive fuera y tiene que venir a firmar, pero no creo que haya problemas en acompañarte y dejarte entrar.

—Ah, genial, iremos David y yo, a ver si me explica qué quiere.

—Pues suerte, porque hablar, habla poco.

—Sí, creo que es muy serio, me dijo mi madre. Pero cuando lo fuimos a buscar al aeropuerto, vimos que era guapetón. Oye, que si no...

—Relájate, Jenni. No empieces, por favor. Soy mayorcita para buscar mis propios ligues. Te estás poniendo muy pesadita con eso.

—Vale, vale. Solo digo que si está solo y tú...

—¿No has dicho que ya valía? Es guapo, pero no es mi tipo. Ya sabes que a mí me gustan los que siguen mi ritmo. Y él no tiene pintas de eso.

—Eso sí es verdad. Vale, pues quedamos el sábado a las diez y luego nos vamos a comer.

—Sabes que «el sábado» es mañana, ¿verdad? Me parece que estás en tu limbo de amor con David y no te enteras de qué día vives.

—Pues sí. Estar enamorada es... genial. Deberías probarlo.

—Uy, me entra una llamada. Hasta mañana, pelirroja.

—Adiós, rubia.

Cuelgo ya agotada mentalmente. Cualquier tipo que aparece delante de sus narices es el adecuado para mí. Me tienen lo que se dice harta. ¿Y si no hay un tipo adecuado para mí? Hasta mis padres están diciéndome que a ver cuándo les presento un chico. Me acosan desde todos los lugares. Parece que cuando cumples los treinta debes tener ya la vida medio resuelta, pareja, piso e incluso niños. Yo no cumplo ninguna de esas cualidades.

Me despido de mis compañeros y me voy a casa. No tengo ganas de quedar con nadie, así que me meto en mi habitación. Mis padres se han ido a cenar con amigos. ¡Si salen más que yo! Me doy cuenta de que esta no es la vida que yo esperaba tener a mi edad. Me meto a la cama después de darme una ducha calentita, con una novela romántica de mi madre, que nunca confesaré leer. En ellas hablan del amor verdadero, de ese que se descubre a la primera, que en una semana estás enamorada y encuentras a la persona con la que compartir tu vida y ser felices para siempre. Cierro el libro con fuerza y lo dejo caer al suelo.

—Todo es una gran mentira —suspiro antes de caer dormida.

Día 9 antes de San Valentín (6 de febrero, sábado)

El gruñido de mi estómago es más fuerte que el despertador y me recuerda que ayer, después de trabajar, no cené y que eso no está bien. Puedo permitirme de vez en cuando una pizza, pero suelo comer sano. No tengo problemas de peso, en eso me parezco a mi madre, porque desde luego, ejercicio no hago para nada.

Miro el reloj y chillo como una ratilla. Son las nueve y media y he quedado a las diez en el adosado. Me tomo un café y una magdalena y me arreglo en cinco minutos. Al final, decido coger un taxi, aunque pensaba ir en tranvía. Llego a las diez y diez y mis amigos están en la puerta, echando vaho por la boca. Es que hoy hace frío.

—Lo siento, chicos, me dormí. ¿Va a venir el guiri?

—Sí, claro. Nos tiene que decir qué es lo que quiere. Pero no ha llegado todavía —dice Jennifer encogiéndose de hombros mientras le doy un achuchón. Luego paso a abrazar a David, que tiene cara de haber echado un polvo matutino.

—Qué bien lo cuidas ¿eh? —digo y Jennifer se sonroja. Me hace mucha gracia pillarla y la pico siempre que puedo.

—No me quejo —dice David cogiéndola de la cintura y dándole un beso en la punta de su respingona nariz.

Suspiro. La verdad es que son una monada. No tengo envidia, porque los quiero a rabiar, pero sí es verdad que a veces, y solo a veces, me gustaría tener algo similar.

Unos pasos fuertes se escuchan a nuestro lado y nos volvemos los tres. El guiri viene corriendo, pero corriendo de hacer *running*. Lleva un pantalón corto y camiseta y está sudado. Me tiemblan las piernas cuando veo ese cuerpo que tiene debajo de la ropa de abrigo. No es justo.

—Siento llegar tarde. Me he perdido.

Jennifer le da un abrazo y yo quisiera hacerlo. Así, sudado y todo. Ni siquiera huele mal. No se puede ser así, hombre. Uno, cuando suda, tiene que oler mal, no a hombre que ha hecho ejercicio y con el que compartir secreciones.

—Bueno, entremos —digo nerviosa y abro la puerta.

Jenni y David entran y recorren la casa con James, mientras este le indica las cosas que le apetece tener. Yo me siento en una banqueta de madera. Hay cuatro cosillas en la casa. Los decoradores sacan el metro y empiezan a medir las habitaciones y James se sienta en el suelo, a mi lado.

—¿Qué pondrías tú aquí? —me pregunta directamente.

—Me gusta poner pocos muebles —digo levantándome y empezando a soñar—, desde luego, estanterías para libros y un aparador para poner una enorme televisión. Y los sofás, que fueran grandes y acogedores. Me gustan los colores claros, aunque si vas a tener un perro, no sé. Y allá pondría una mesa redonda de esas que se extienden para invitar a mis amigos. Bueno, para que invites a tus amigos. Y lo mejor de esto es que tienes una salida de chimenea allí —digo señalando la pared que da al jardín—. Podrías poner una con pellets.

—Lo tienes muy bien pensado —dice sorprendido.

—Sí, bueno, he visitado esta casa varias veces. Soñar es gratis.

—¿Por qué no la has alquilado tú? O sea, tú y tu pareja.

—También estoy sola y es mucho dinero para mí.

Asiente y sale al jardín. Cuando bajan, les cuenta más o menos lo mismo que le he dicho yo, excepto porque quiere un lugar para escuchar música con un sillón independiente.

—Pues ya está todo —dice David contento—, hemos tomado medidas y sabemos tus gustos, aunque te enseñaremos telas y demás.

—Me fio de vuestro gusto —dice él.

—Igualmente te lo enseñaremos, James —dice su prima—, y para celebrarlo, nos vamos todos a comer.

—Tengo que cambiarme —dice él.

Aprovecho para mirar sus piernas, que, si bien no son las de un atleta, no están nada mal. Y sí, confieso que le he mirado el culo antes. Todo puesto en su sitio.

—Vale, te mando la ubicación y nos vemos allí los cuatro, ¿a las dos? —dice mi amiga mirándome con intención.

Bufo un poco y asiento. Una comida tampoco es nada malo, de todas formas.

Nos despedimos y Jenni me guiña el ojo. Creo que acabaré matándola.

Me voy para casa en el tranvía y me pongo unos vaqueros negros y un jersey rosa, que con mi melena rubia, me favorece. Un poco de maquillaje y mi cazadora de cuero. Hemos quedado en el centro, así que vuelvo a tomar el tranvía. Miro el río mientras lo cruzo y alguien se sienta a mi lado.

—¿Compartimos tranvía? —dice James. Lleva una camisa negra y unos vaqueros, con la cazadora abierta deja salir el suave aroma de su colonia. ¿Por qué olerá tan bien? Está provocando calambres en mi disco duro, o sea, en mis bajos fondos.

—No sabía que estabas a este lado del río.

—Mi prima reservó la habitación. Me gusta la zona. Y gracias por ocupar tu día libre.

—No pasa nada.

—Esta ciudad es bonita. Pensé que, después de vivir en Chicago, se iba a quedar algo pequeña, pero es justo lo que buscaba.

—¿Vivías en Chicago y ahora vienes a Zaragoza? O sea, a mí me encanta, es un sitio no demasiado grande, pero con todos los servicios y hay teatros, eventos, hospitales, universidad, está bien comunicada… pero ¿Chicago?

—Ya, son cosas personales.

La he fastidiado. Ahora que empezaba a abrirse un poco, he debido de tocar una herida, pero eso no ha hecho más que aumentar mi curiosidad por averiguar por qué un tipo así se viene aquí, seguramente a ganar menos dinero.

Miro su perfil serio y luego acabo mirando por la ventana. No, no podría estar junto a un tipo que se guarda todo y apenas habla.

Llegamos a la plaza de España y le digo que tenemos que bajar. Lo conduzco hasta donde hemos quedado, en la zona de El Tubo, unas calles donde hay bares sobre todo con diferentes tipos de raciones y tapas y que Jenni se ha empeñado en enseñarle. La verdad es que todo está muy bueno, pero hoy sábado quizá habrá mucha gente.

Jenni me mira y arquea las cejas al verme aparecer junto a él.

—Hemos coincidido en el tranvía —explico mientras me coge del brazo y comenzamos a caminar seguidas de los chicos.

—Vamos primero a tomar unas «gildas» —dice Jenni volviéndose hacia ellos. El guiri no sabe qué es, pero David le explica que es una tapa con anchoas, olivas y guindilla.

Nos sentamos en una de esas mesas altas y pedimos cuatro tapas de esas y unas cañas de cerveza.

—¿Y cómo es que hablas tan bien el castellano? —pregunta David.

—Por la familia. Y he viajado bastante a Argentina y a México. Viví en este último dos años.

—Aquello debe de ser muy bonito —digo.

—Vivía en la capital, pero sí, hacíamos excursiones por la zona.

Ha dicho «hacíamos», ¿a quién se referirá? Me muero de curiosidad, pero no me atrevo a preguntar.

Toma un bocado de la tapa y empieza a masticar. Con las mismas, se pone colorado y toma un buen trago de cerveza.

—Esto es fuerte —dice y todos nos echamos a reír. David le pide otra caña. Le ha debido de tocar una guindilla de las que pican.

Tomamos otra tapa de jamón batido, que es jamón serrano de la tierra con mayonesa, y esa le gusta más. Después, vamos a otro sitio a tomar calamares a la romana. Con las cervezas y la compañía, el ambiente se va distendiendo e incluso me atrevo a hacer algunas bromas a mi amiga. Una de las veces, él se carcajea. Tiene una risa bonita. Me pongo colorada como una colegiala. Creo que son las cervezas.

Seguimos haciendo lo que mi padre llama «vermú torero», que significa irte de tapas durante todo el medio día, y al final, entre cervezas y unos chupitos de aguardiente que hemos tomado, creo que vamos todos un poco tocados.

Decidimos acabar en una cafetería muy mona que precisamente David y Jenni decoraron y nos pedimos una infusión.

—¡Casi se me olvida! —dice Jenni de repente, dándonos un susto—, el día catorce, en San Valentín, la discoteca que hemos terminado esta semana ofrece una fiesta de inauguración y, por supuesto, estamos invitados. El único requisito es que hay que ir acompañados.

—Qué tontería —digo cabreada. Ahora no voy a poder ir a fiestas por no ir con alguien.

—Puedes ir con James, así le presentamos a todos —dice Jenni. Arqueo las cejas y la fulmino con la mirada.

—Por mí bien —dice él sorprendiéndome. Ahora no puedo decirle que no. Sería algo muy feo.

—Vale, claro —digo al final.

—¡Qué bien! —dice Jenni dando palmaditas. David se ríe y al final, acabo por soltar una carcajada. Tampoco es que sea nada grave ir a una fiesta de San Valentín con un amigo. Con un cliente. Con un tío que está muy bien.

—¿Puedo invitar a mi compañero Quique? —digo pensando una gran idea.

—Si no viene solo, sí —dice Jenni.

David mira la hora. Son casi las siete de la tarde. Nos levantamos, algo mareados, y la parejita se va hacia su casa del centro. Nosotros nos vamos hacia la parada del tranvía.

James parece que va algo más mareado que yo y rezo porque no se caiga largo. Sería imposible levantarlo. Lo cojo de la cintura y él pasa su brazo por mi hombro. No puedo evitar volver a olerlo. Lo mío es obsesión.

No hay sitio para sentarse en el tranvía así que lo apoyo contra la pared y me pongo delante, para que no se caiga.

—Eres muy guapa, demasiado —dice con la voz algo estropajosa.

—¿Qué significa eso? —pregunto divertida. Se encoge de hombros.

Por suerte, bajamos del tranvía y el aire helado lo espabila un poco.

—Te acompaño al hotel, no vaya a ser que acabes tirado en alguna acera.

Él asiente. Tiene mala cara. Entramos en el hotel y pide su llave. Subimos en el ascensor y él tiene los ojos cerrados. Espero y rezo que no vomite en el ascensor.

Cuando llegamos a la habitación, va directo al baño. Todo el aperitivo acaba en el váter. Oigo que se lava la cara y sale sin la camisa, con el torso al aire. Suspiro de ganas. Va a ser muy duro.

—Perdona, no estoy acostumbrado a beber.

—No pasa nada, yo también estoy algo mareada.

Es cierto, de vez en cuando me da la risa tonta y cuando estaba en el baño me he quitado los zapatos de tacón.

—Te ayudaré a meterte en la cama.

—¿Quieres meterte en la cama conmigo? —dice confuso.

—No lo creo. Recién vomitado y tal como estás, no se te levantaría ni de coña —digo riéndome.

—No lo sabes —dice y se queda echado en la cama con los pies apoyados en el suelo.

Le quito los zapatos y los calcetines y me pregunto si debería quitarle el pantalón. Mi mente sin inhibiciones dice que sí, que vea el regalito que hay dentro de la ropa. No es que me vaya a aprovechar de él, pero es mejor que duerma sin pantalones, me digo para convencerme.

Le desabrocho el cinturón y el botón. Bajo la cremallera y meto las manos por dentro del pantalón para bajarlo sin bajar los bóxer que lleva. Eso sería muy vergonzoso para él y para mí. Pero como no ayuda, me es imposible. Es un peso muerto y no voy a poder moverlo. Con algo de decepción, le subo las piernas y lo intento mover para ponerlo de forma vertical. Se queda en una posición muy extraña, arqueado hacia atrás, y me da la risa. Tanta, que tengo que ir al baño. Después de hacer pis, salgo y él se ha puesto un poco más recto. ¡Bien!

Sigo estando algo mareada y muevo la cabeza a ver si mi mente racional comprende qué tiene que hacer ahora. Recuerdo que estamos en invierno y que tendré que taparle. Cojo la cubierta y me acerco, pero tiene las piernas sobre ella y no puedo.

—¡Joder! Pero cuánto pesas. Mierda.

Me acerco a él para taparlo, aunque sea con otra manta y entonces me coge entre sus brazos, me echa a su lado y deja caer una pierna y un brazo sobre mí.

Intento levantar su brazo, pero pesa demasiado y su pierna, ¡Dios! Imposible. Me relajo un poco, para pensar qué hacer, pero tanto relajo y su olorcito delicioso hace que me quede dormida. Como un tronco.

Un suave ronquido me ronda la oreja y no entiendo nada. No hay luz y no sé dónde estoy. Además, siento una presión en el estómago y un terrible dolor de cabeza. Poco a poco, mis pupilas se van acostumbrando a la poca luz que entra. Los recuerdos me vienen de repente y miro al hombre que está a mi lado, que duerme plácidamente. Intento mover su brazo, que cae a peso plomo sobre mí, pero sin éxito. Así que no me podré ir «a la francesa». Tendré que despertarle.

Lo miro. Así, con los ojos cerrados, es muy mono. Miro el reloj y veo que son las diez de la noche. Muevo su brazo, tocando su piel y él gruñe un poco y se mueve hacia mí, acercándome hacia su cuerpo y metiendo su rostro en mi cuello. Los calores de la muerte me recorren el cuerpo.

Comienza a besar mi cuello y ¡joder qué bien lo hace! Su mano se dirige a mi cintura y acaricia la piel debajo del jersey. Sigue con los ojos cerrados y me besa la mandíbula y entonces va y lo fastidia…

—Melinda…

—¡Mierda! —digo en voz alta.

Le doy un meneo bien fuerte y abre los ojos, sorprendido. Se aparta como si tuviera la lepra y se pone de pie, sin darse cuenta de que tiene una erección interesante. Me levanto como un rayo y voy a por mis zapatos, bastante ofendida.

—Cris, perdona, ¿he hecho algo? No recuerdo nada…

—No, no has hecho nada. Solo que cuando te ayudé a meterte en la cama, me quedé dormida. Me voy a casa.

—¿Seguro?, ¿estás bien?

Se aparta el cabello de la cara y me mira angustiado. Al final, me da pena.

—Estoy bien y no has hecho nada malo. De verdad. Mira, como tienes el estómago vacío, pues has vomitado todo, déjame que te invite a cenar, así verás que no estoy enfadada.

—Te lo agradezco. Me ducho y vamos, gracias, de verdad.

Suspiro y lo espero mientras se mete al baño. No me hubiera importado hacer algo con él, pero claro, no pensando que soy otra. La verdad es que invitarle a cenar ha sido algo que se me ha ocurrido de repente, pero que espero que sirva para sacarle algo de información. Ahora quiero saber quién es Melinda y por qué no está con ella.

Sale al poco rato con una toalla en la cintura, ya que se le ha olvidado meter ropa al baño. Se me hace la boca agua al ver toda esa piel. Me mira pidiendo disculpas y se mete dentro para vestirse. Yo saco mi espejito de mano y me arreglo un poco. La verdad es que también tengo algo de hambre.

***

James

No puedo creer que haya metido la pata con esta chica. Primero fue elegir la que iba a ser la casa de sus sueños, que a mí me encantó y luego lo de hoy. Nunca me sentó bien tomar una copa de más y al final, el bochorno de vomitar y a saber qué le he dicho. Menos mal que me ha dicho que no he hecho nada. Sería terrible. Es una chica preciosa, simpática y graciosa. Podría reírme más, lo sé, pero mi humor no es el correcto. Y, encima, sueño con ella. El sueño era tan real que sentí su cuello, su piel. Hasta me empalmé. Espero que Cris no se haya dado cuenta. Me siento avergonzado. ¿Qué pensará de mí?

Espero poder explicarme un poco en la cena. Supongo que espera que lo haga. Me repito mil veces que no he hecho nada. Ella no me hubiera dicho de ir a cenar si hubiera ocurrido algo desagradable.

Me pongo un jersey y otros vaqueros y salgo a la habitación. Ella entra en el baño y sale algo más arreglada. No le hace falta porque es muy guapa. Me sonríe y salimos de la habitación.

Vamos a un pequeño restaurante donde pedimos una pizza y una ensalada para compartir. No dice nada, pero creo que espera algún tipo de explicación, quizá por qué un tío tan grande como yo no soporta el alcohol. Pero la respuesta es sencilla.

***

—Perdóname, Cris —dice de nuevo. Ya son seis las veces que me ha pedido perdón.

—No hay nada que perdonar. La culpa es de tu prima por llevarnos de tapas. Es muy peligroso porque empiezas a beber y sin darte cuenta, vas fatal.

—Verás, es que yo nunca bebo. O no suelo hacerlo, desde hace unos años —dice bajando la mirada.

Cojo un trozo de pizza de quesos que me sabe a gloria y me lo quedo mirando. Ahí hay algo donde escarbar.

—¿Te pasó algo con la bebida? —pregunto. Lo sé. Soy indiscreta.

—Sí, pero ahora mismo no puedo contártelo. Pero te pido disculpas.

—No has hecho nada, no me tocaste, ni me hiciste nada y yo estoy en posición de recordar. Solo que me quedé dormida sin poder moverme por tu enoooorme brazo.

Sonrío quitándole importancia, pero él parece disgustado. Hay que cambiar el ambiente.

—No hay problema. Hablemos de trabajo —sonrió y él respira aliviado—, ¿qué vas a hacer aquí en concreto?

—Trabajaré en la papelera, ya sabes. Allí en Chicago, hicimos un proceso mediante el cual podemos extraer las fibras del papel y quitar los elementos que no lo sean de una forma ecológica, sin usar muchos productos químicos y sin apenas residuos tóxicos. Fue parte de mi trabajo de fin de carrera y cuando decidí irme, tenía varias opciones para elegir.

—Qué bien, no hay como ser un buen profesional para que te soliciten.

—¿Y tú?

—Yo estudié administración y dirección de empresas y acabé trabajando en la inmobiliaria, nada más salir de mis estudios. Y la verdad, me gustó tanto el ambiente que me quedé. Mi jefa lleva idea de expandir la empresa y me haré cargo de una oficina nueva, así que estoy contenta. Además, trabajo por objetivos, Ágata no nos obliga a estar todo el día en la oficina, aunque ella lo esté.

—Eso está muy bien. Será porque eres eficiente.

Sonrío. Es majo, al final. Pero claro, con este buen ambiente, ¿quién le pregunta por la tal Melinda? Terminamos de cenar y nos despedimos. Mañana por la tarde acudirán los diseñadores con los planos al piso y, por supuesto, tengo que ir a abrirles. También hablarán de materiales y de muebles. La verdad es que me apetece volver a verle, pero aunque se pueda pensar que soy muy lanzada, me da apuro.

Me da un beso suave en la mejilla y nos vamos cada uno a nuestra   casa.

Día 8 antes de San Valentín (7 de febrero, domingo)

Por mi dichosa boca grande, se me ha escapado que ayer fui a cenar con James, y Alicia y Jenni han aparecido en casa de mis padres, que estaban tranquilamente tomando un café. Para que no sospechen, nos hemos ido a la cafetería de debajo de casa, donde Tomás, el camarero de toda la vida, nos pone tres cafés con leche, lo que siempre pedimos, y dos churros para cada una. Ellas me miran emocionadas e impacientes y, la verdad, saco mi vena sádica y las hago sufrir un rato. Pero es que cuando les diga que compartimos cama, están montando la lista de bodas.

—Venga, Cris, no te hagas de rogar —dice Alicia—, ¿está tan bueno como dice Jenni? ¿Tienes una foto?

—Podría haberle sacado una, sí, pero no me acordé. Estaba perdida en sus abdominales.

Suelto la bomba y el churro que se iba a meter a la boca Alicia se cae dentro del café con leche y salpica la mesa.

—No jodas que te has acostado con mi primo, nena.

Me ruborizo, he de decir. Jenni me mira asombrada. No suelo ser de las que se acuestan con un recién conocido. O sea, no pasa nada, si a una persona le apetece, está genial, pero a mí me cuesta un poco.

—Bueno, no he hecho sexo si es a lo que te refieres, pero ayer íbamos muy perjudicados y caímos dormidos en su cama. Le sienta muy mal el alcohol. Y yo también iba un poco mareada.

—Pero eso ¿qué tiene que ver con los abdominales? —suelta Alicia a la que no se le escapa nada.

—Nos quedamos dormidos y luego se fue a duchar, pero como no se había metido la ropa, salió envuelto en una toalla. Y si lo que no se le ve es similar a lo que sí, bueno, os podéis imaginar el calor que me entró. Y luego nos fuimos a tomar una pizza.

—¿Nada más? —dijeron las dos a la vez.

—No, nada más, pesadas. Me cae bien, pero cuando estaba en la cama, con su enorme brazo sobre mí, se acercó a mi cuello y me llamó Melinda. ¡Hay que fastidiarse!

—No, ¡hay que joderse!, Cris, no seas tan fina —dice Alicia y nos partimos de risa.

—O sea que tiene una tía por ahí —dice Jenni—, le preguntaré a mi madre para que sonsaque a su hermana, así como quien no quiere la cosa.

—No, por favor. No la liéis. Para mí que algo le pasó y si es algo desagradable, no sé si quiero enterarme. Cada cual tiene su pasado y no tengo derecho a indagar si él no me lo cuenta.

—Veremos —dice Jenni y veo que en su pelirroja cabecita está dándole vueltas a la cabeza, así que cambio de tema y le pregunto sobre los planos de mi casa ideal. Me enseña una foto de una simulación en 3D y suspiro de ganas, de ganas por tener algo así. Tengo claro que cuando me independice, ellos diseñarán mi casa.

—Me encanta. Os habéis superado —digo emocionada—. Creo que a James también le gustará, pero bueno, a ver qué dice esta tarde.

—Sí, hemos quedado a las cinco en el adosado —dice Jenni—. Llevaremos unas muestras de tejido y también de papel pintado.

Hemos creado dos conjuntos un poco distintos, me da la sensación de que le gustan las cosas sencillas.

—¿Puedo ir? —dice Alicia dando palmaditas—, quiero conocer al tío bueno ese.

—Recuerda que tú sales con alguien —digo sin poder evitarlo y las dos se echan a reír.

—Parece que mi primo te interesa algo más de lo que dices.

—Bah, no seáis pavas. Solo que me parece un buen tío, nada más.

Seguimos hablando y riéndonos de mil cosas y nada a la vez. Tomás nos trae otro café con leche esta vez con unos mini cruasanes y nos lo tomamos a gusto. Nos da la una de la tarde y nos despedimos con nuestros achuchones exagerados. Desde que Jenni está con David, nos dio por besuquearnos y abrazarnos como si no nos fuéramos a ver en meses. Es divertido.

Pero nos veremos por la tarde, y por supuesto, Alicia vendrá a echar un vistazo. Subo a casa donde mis padres están preparando la comida con una copita de vino y unos mejillones de lata. Lo hacen casi todo juntos. O sea, tienen su espacio, porque a mi madre le gusta ir a pintar y mi padre juega al tenis con sus amigos, pero luego, en casa, se llevan de maravilla. Sonríen al verme y mi padre me pone una copita de vino.

—¿Qué tal las chicas? —dice mi madre. No se le escapa una y sabe que han venido un domingo por la mañana por algún motivo.

—Todo bien. Jenni nos ha enseñado el proyecto que está haciendo para su primo, ese chico que firmó con nosotros el alquiler de un adosado en el barrio.

—¿Ese adosado que te encantaba? —dice mi padre y me encojo de hombros.

—Si más adelante se vuelve a Chicago, habré ahorrado como para pagarlo.

—Pienso que alquilar es una tontería —dice mi padre—, mejor si compras algo. Ya sabes que, como nuestra única hija, podemos darte un dinero para la entrada y avalarte si es necesario.

—Claro, hija. No es que queramos que te vayas, pero es normal que quieras volar. Además, ahora que tus amigas tienen novio...

—Uf, no empecéis, por favor.

Mi madre levanta las manos y se da por vencida. Lo siento por ella porque piensa que se va a quedar sin nietos, y probablemente pueda pasar. Supongo que mi prima, que ya tiene dos pequeñajos, le da un poco de envidia.

Terminan de hacer una buenísima fideuá de pescado y nos sentamos a la mesa. La verdad es que quiero independizarme, pero lo paso bien con mis padres, para qué decir otra cosa.

A las cuatro y media ya estoy camino del adosado y eso que solo está a diez minutos. Mi consabida puntualidad me impide llegar tarde. Iría en contra de mis principios y siempre tengo Instagram para distraerme. Así que estoy en la puerta mirando mi móvil. Como empiezo a tener frío, abro la casa y voy a meterme dentro. Una mano me toca el hombro y me doy tal susto que el móvil se me cae al suelo.

—Disculpa, Cris —dice James bajando al suelo a recogerlo. Pero no cuenta con que yo he bajado y le doy un golpe en la nariz con mi cabeza. Entonces empieza a salirle sangre y entramos corriendo al baño. Menos mal que hay agua y puedo ponerle un poco de papel de baño para cortar la hemorragia.

—Lo siento, James. Menuda cabeza dura que tengo —digo sonriendo. El tipo está gracioso, sentado sobre la taza del váter, cerrada por supuesto, y con la cabeza hacia atrás. Lleva una porra que le sale de su estupenda nariz.

—No pasa nada —dice con voz gutural—, el problema es que me marea la sangre.

—Oh, vaya. A ver, déjame ver si ya ha parado.

Le quito el papel y lo envuelvo enseguida en más papel. Él ha conseguido verlo y ha cerrado los ojos.

—Pensarás que soy un blando —dice mirándome con esos ojos azules oscuros que me encantan.

—Pues no, no lo pienso. Cada uno tiene sus fobias o manías. Ya se acabó la época del machito que protege a su hembra. Yo me sé proteger perfectamente.

—Eso me gusta de ti.

Nos quedamos mirando y él acaba desviando la mirada, se levanta y se lava las manos. Sale del baño y aprovecho para tirar por el inodoro todo y lavarme yo también. Es algo incómodo, pero me ha gustado.

No nos da tiempo de pensar más, porque ya han llegado Alicia, David y Jenni. Le presentan a la que faltaba y él la saluda, educado. Cuando se gira para ver una muestra, Alicia me coge del brazo y se me lleva a la cocina.

—Pero, nena, si está cañón. Te lo tienes que, ya sabes, porque estoy segura de que te hará sudar, aunque sea invierno.

—Mira, Alicia, ya sé que tú estás acostumbrada a ir con tipos de gimnasio, cachas y tal, pero a mí eso me da igual. Me gusta más la personalidad.

—Sí, claro y el metro noventa y esos brazos que tiene que parece un atleta. ¿Y es bioquímico?

—Ingeniero químico y sí, se mantiene en forma. ¿Qué hay de malo? Anda, vamos a ver las muestras.

Salimos y Jenni ha extendido sobre un par de banquetas las dos opciones de papel pintado, tela y muebles que ha traído para que las vea. David sostiene el plano explicándole dónde va cada cosa, pero él parece confuso. Cuando entro, se vuelve con una sonrisa y hace que me acerque.

—Ayúdame, no me decido. Las dos propuestas me gustan. ¿Cuál te gusta a ti?

Jenni y Alicia me miran aguantando lo que sé que están deseando decir. David no se entera, no piensa en esas cosas que estas dos brujas están pensando.

Miro las dos opciones, para quitar la vista de mis amigas. Hay una en tonos cálidos y otra en grises y azules. Esos azules me recuerdan a sus ojos, así que escojo esa sin dudarlo.

—Esta me parece muy elegante y a la vez, sencilla. Pero la que tú quieras, James.

—Decidido, gracias por ayudarme. No había pensado que tendría que hacer estas cosas. De hecho, pensaba ir a un piso con muebles.

—¡Qué horror! —dicen David y Jenni a la vez.

—No me gustan los pisos amueblados —dice Jenni—, no digo que algunos no estén mal del todo, pero si te vas a quedar una temporada aquí, mejor algo que te guste.

—¿Y cuánto te vas a quedar? —interviene Alicia. Ya tardaba.

—Tengo contrato para tres años, además de que el proyecto requiere un tiempo de implantación. O sea que como mínimo estaré aquí ese tiempo.

Alicia aplaude sin que James pueda comprenderlo y yo la paro. A veces se comporta como una niña. O igual me la está devolviendo cuando conocí a Jorge, su actual novio. La puse en evidencia varias veces hasta que él se dio cuenta de que la chica que estaba entrenando en el gimnasio era más que una alumna.

Quedamos en el diseño y David proponer ir a tomar algo para terminar de apuntar los detalles, mucho más cómodo que ahí, sin una mesa.

Alicia se excusa porque ha quedado con Jorge y los cuatro nos vamos a una cervecería cerca. David y Jenni se piden una caña y yo un té. James se pide agua. Creo que no tiene ganas de repetir lo de ayer.

—Creo que me gustará como quedará. En las dos habitaciones prefiero cama de matrimonio porque mis padres me han prometido que vendrán en un mes, cuando esté instalado.

—Y tu hermana Mary, ¿qué tal está? —pregunta Jenni. Apuntado, James tiene una hermana.

—Bien, está embarazada de su segundo bebé y mi madre anda muy ocupada con los gemelos.

—¿Gemelos y va a tener otro? —digo sin poder evitarlo. Luego me muerdo la lengua.

—Sí, están dispuestos a llenar la casa de mis padres de nietos ya que a mí me han dado por imposible.

Me lo quedo mirando. Joder, me muero de ganas de preguntarle.

David cambia educadamente de tema y hablan de deporte y de gimnasio. Le recomienda a James el que trabaja Jorge y se apunta en el móvil la localización. Todavía tiene la semana que viene libre para instalarse, así que promete pasarse. Es el gimnasio donde solemos ir todos. Bueno, yo apenas voy, pero quizá ahora me apetezca algo más.

Salimos hacia otro bar, esta vez a tomar algún bocadillo ya que se nos ha hecho tarde y Jenni me coge del brazo.

—Mira a ver si te espabilas, porque este chico es un chollo. Guapo, con buen trabajo y sueldo y encima un encanto. En cuanto vaya al gimnasio o empiece a salir, te lo quitan.

—Jenni, por favor, eres peor que mi madre. No tengo que atrapar a nadie. Me cae bien, sí, pero hasta ahí.

Frunce el ceño y se cala el gorro. El viento se ha levantado y sopla fuerte. Revuelve el cabello castaño claro de James y pienso que me gustaría pasar los dedos para arreglárselo. Creo que me estoy emocionando demasiado.

—Bueno, pero a la fiesta de San Valentín vendréis los dos ¿no? —dice de repente Jenni cuando ya hemos pedido los bocadillos.

James se encoge de hombros y me mira.

—Será una buena oportunidad para conocer gente —dice David y Jenni lo fulmina con la mirada. Creo que luego tendrá que explicarle.

—Tenéis que ir a juego —dice Jenni—, o sea, nosotros vamos a llevar un jersey azul los dos y vaqueros. Algo así. Poneos de acuerdo. Es que es así la fiesta.

Se encoge de hombros y James vuelve a mirarme.

—Si quieres, tengo una camisa negra que, como tú tienes, nos puede servir.

—Claro, es buena idea. Me pondré la camisa negra. ¿Cuándo es?

—El domingo que viene, por la noche —dice David—. Es un poco rollo porque al día siguiente hay que trabajar, y por eso empieza a las seis. Total, ya es de noche. Habrá barra libre y también para picar. Han contratado un servicio de cáterin que estará toda la noche disponible. Y, además, solo hay ochenta invitados. Lo mejorcito de la ciudad.

—Vaya, me alegro de que me hayáis incluido entre ellos —digo con sorna.

Terminamos de cenar y nos despedimos de nuevo. James nos da un beso en la mejilla a cada una y aprieta la mano de David. Jenni me mira con intención de seguir con el tema, pero le doy un buen abrazo a ambos y me escapo. Como una cobarde.

Día 7 antes de San Valentín (8 de febrero, lunes)

Falta una semana para que llegue la fiesta y estoy de los nervios. Y no sé por qué. Esta mañana hemos quedado con la dueña del piso que quiere conocer a su nuevo inquilino. A las doce, vendrán ambos y nos reuniremos en la sala de juntas. Pero antes, tengo que hacer algo.

—Quique, ¿qué te parecería ir a la fiesta de San Valentín del nuevo local de moda?

—¿Cuándo?

—¿Cuándo es San Valentín? —Lo miro y le hago el gesto italiano de impaciencia.

—Ah, claro, el domingo. ¿Pero hay que ir acompañado?

—Sí, y he pensado que podrías pedírselo a Ágata.

Se pone colorado y se le caen los papeles de la mano temblorosa.

—O sea, Quique, ¿cuándo le vas a decir que te gusta?

—No seas mala, Cris. Ella es mi jefa. No es posible y yo… Don Justo…

—A ver, alma de cántaro. No estamos en los años sesenta donde los jefes se liaban con las secretarias o las jefas con el guapetón de la oficina. Que, en este caso lo eres, pero a lo que voy es que solo sois dos personas —me lío dando explicaciones, lo sé—, y como dos personas normales, podéis gustaros. Y sabes que a Don Justo le caes fenomenal. Seguro que le gustaría que estuvieras con Ágata. La última vez que vino le dijo que tenía que salir algo más, que la veía muy pálida.

—No sé si ella querrá, de todas formas.

—Y nunca lo sabrás si no se lo preguntas. Mira, dile que la ha invitado mi amiga Jennifer y seguro que no le quiere hacer un feo. No hace falta ni que le digas que vais en pareja. Y luego allí, con el ambiente romántico, un bailecito, una copa, oscuridad… no sé, chico. ¡Lánzate!

—¿Dónde se tiene que lanzar? —dice Ágata apareciendo en ese mismo momento. A Quique le tiembla el pulso y me mira aterrado.

—Le estoy diciendo a Quique que como mi amiga Jennifer nos ha invitado a la fiesta de San Valentín, se tiene que lanzar a bailar.

—¿Os ha invitado? ¿A vosotros dos? —dice mirando con suspicacia.

—A los tres. Ella está muy agradecida por los clientes que le hemos enviado. Es una fiesta muy exclusiva. Hay que ir vestido de rojo, o con un complemento rojo. Por lo demás, es en una discoteca y habrá canapés y esas cosas. Le diré a mi amiga que venís.

Me marcho dejándolos con la boca abierta y sin posibilidad de negarse, así que Ágata se vuelve hacia su mesa y Quique me mira agradecido. En el fondo, soy una romántica, aunque sea para los demás. Y lo suyo no es un amor repentino, es algo que viene gestándose desde hace tiempo. Lo mío con James, si es que hay algo «mío» es una cuestión puramente sexual. Está bueno y me gustaría tener sexo. Eso es. Nada más. *Niente*. Nada. *Nothing*.

Me concentro en algunos trámites de otros contratos porque es la mejor manera de olvidarme de que James me atrae mucho. Me repito que no lo conozco y que tiene un pasado sin resolver, que quizá no le gusten mis locuras y entonces, parece que me tranquilizo un poco. Justo a tiempo, porque son las doce menos diez.

Llega Pilar, la dueña del adosado, que ahora vive en Cádiz, con su hermana. Ella ya tiene una edad y dijo que quería cuidar a su hermana mayor y pasar el mayor tiempo posible juntas. Se sienta enfrente de mí y le preparo un café. No es que haga esto con todos los clientes, solo con los que me caen bien y ella es una mujer estupenda.

Tomamos el café, ya sabiendo que James llegará tarde. ¿Por qué es impuntual? Es algo que va contra mi religión. A las doce y cuarto miro el reloj y me disculpo con Pilar, y miro hacia la puerta, donde entra James como una tromba.

—Lo siento, lo siento —dice acalorado—, tomé el autobús en sentido contrario, estaba visitando la Basílica del Pilar.

—No pasa nada, joven —dice Pilar levantándose—, soy la dueña del adosado.

—Encantado —sonríe y creo que los polos se han derretido un centímetro.

Se sientan y él habla de lo bonita que le parece la ciudad, tan limpia y todo tan cerca. Pilar le recomienda que visite el Monasterio de Piedra y él se lo apunta en su móvil.

Al final, se nos han hecho casi las dos y termina la firma. Pilar se despide tan contenta de tener un inquilino así y me da un abrazo.

—Buen trabajo, Cris, y si está soltero…

—Uff, Pilar, tú también…

Pero me río y la acompaño hasta la puerta. James está recogiendo sus contratos en una carpeta, para poder dar de alta lo que le haga falta, como Internet.

—Bueno, pues ya está todo. ¿Ya sabes dónde hacer el cambio de titularidad del agua y tal?

—Sí, me indicó David. —Sale a la calle y le sigo. Ágata y Quique ya se han ido a comer y cierro la oficina.

—¿Puedo invitarte a comer? —me dice—, para celebrar que ya tengo el contrato.

—Bueno, te enseñaré un restaurante típico de aquí, si quieres.

—Pero sin «gildas».

Nos reímos al recordar la cara que puso al probarla. Luego me pongo colorada pensando en otras cosas de la habitación de su hotel, así que disimulo y le señalo el edificio del Mercado central, que han renovado y está lleno de cosas riquísimas. Se apunta la localización en su móvil y seguimos caminando por la calle Alfonso. Le gustan las calles peatonales, aunque el aire que sopla sea demasiado frío.

Entramos en un restaurante aragonés y nos sentamos en la mesa que nos indica el camarero. Tienen un menú del día con platos típicos, como borraja y ternasco a la brasa. Ambos pedimos lo mismo y, mientras esperamos, nos traen el vino y unas olivas.

—La comida es muy diferente —dice mirando las olivas negras con duda.

—Son buenísimas, pruébalas —le digo ofreciéndole una con mi tenedor. Él la toma con los labios y me mira a los ojos y yo siento un pálpito. Mastica despacio y saca el hueso a un ladito. Hasta eso lo hace con gracia. Me lanzo.

—¿Quién es Melinda? —Su rostro descompuesto hace que me insulte y me llame bocazas internamente mil cuatrocientas veces.

—¿De dónde has sacado ese nombre? —dice por fin.

—Verás es que… el día que nos pusimos mal, ese día que nos quedamos dormidos, tú te acercaste a mí y me llamaste Melinda. Lo siento, soy una patosa y tengo incontinencia verbal.

Sonríe ante mi apuro y nos callamos pues ya traen el primer plato. Las borrajas están acompañadas de almejas y huelen de maravilla. Le enseño mi forma de comerlas que es aplastarlas con el tenedor hasta que forman una masa verde y sacar las almejas de su concha y mezclarlas con la verdura. Sigue obediente mis pasos y las prueba. Espero su diagnóstico con impaciencia.

—Están buenas, muy suaves —dice. Y se pone serio—. Melinda es mi ex prometida. Solo eso. Supongo que todavía es reciente, ocho meses. Siento haberte confundido.

—No pasa nada. Yo también rompí con mi novio hace unos meses. Y llevábamos tres años. Son cosas que pasan.

Me mira como si quisiera contar algo más, pero no dice nada y yo no insisto. Mi boca grande ha metido la pata y de momento, por hoy tengo el cupo.

Probamos el ternasco y eso le gusta más, se nota que es un tipo carnívoro. Yo también lo sería, o sea, probaría su carne, en el sentido carnal, me estoy haciendo un lío yo sola. El vino se me ha subido algo a la cabeza.

Salimos del restaurante y me da vueltas la cabeza.

—Espera, no puedo ir a la oficina así. ¿Qué tenía ese vino?

—Solo ponía «vino de la casa» —dice apurado mientras me coge del brazo. Él no ha bebido apenas y yo casi me he metido más de media botella en el cuerpo.

Me echo a reír por su cara rara y tropiezo. Él me coge y me agarra, de modo que quedamos abrazados, mirándonos como dos tontos. Hago un amago de besarle, pero él se aleja.

—Apenas me conoces, Cris. Yo… no puedo besarte y, además, el vino…

—Vale, vale —digo y me giro y comienzo a caminar hacia la oficina.

—Espera, por favor —dice y me coge del brazo—, me encantaría besarte, pero no en estas condiciones, no cuando has tomado una copa.

—Que sí, hombre. Me voy a trabajar. —Suelto su mano un poco brusca y camino, ya sin tropezar, hacia la agencia. Ya sé que voy un poco mal, pero no lo suficiente para no saber lo que hacía o lo que quería. Y lo que quería era probar sus labios.

No me giro. Llego a la oficina y me pongo un café doble. Puede que esa noche no duerma, pero me despejará. Miro el móvil toda la tarde, pensando en si me enviará un mensaje, cosa que no ocurre en toda la noche.

Día 6 antes de San Valentín (9 de febrero, martes)

—Que te vengas esta tarde al gimnasio —dice la pesada de Alicia en la vídeo llamada grupal de las dos de la tarde.

Jenni asiente moviendo su coleta rojiza y solo de pensarlo me da dolor de cabeza. Estoy en la oficina tomándome un bocadillo para aprovechar al medio día y salir antes de la oficina.

—Me duele la cabeza y, además, estoy depre —digo—. Esta mañana no estaba muy inspirada y se me ha escapado un cliente de los buenos. Un local de trescientos metros cuadrados…

—No pienses solo en trabajar —dice Jennifer y arqueo las cejas, la que está todo el día diseñando cosas.

—Me ha dicho Jorge que James irá esta tarde al gimnasio, se ha apuntado —dice Alicia y tuerzo el gesto. Ellas dos me miran fijamente.

—¿Qué ha pasado con mi primo?

—¿Es que te lo has tirado y no ha sido satisfactorio?

Bufo y me dan ganas de colgar el teléfono si no fuera porque son mis mejores amigas desde el colegio y me conocen como mi madre.

—Ayer fuimos a comer e intenté besarle, pero él se retiró.

—¡No fastidies! —dice Jenni tan fina.

—¿Pero qué clase de primo tienes, Jenni? O a lo mejor le gustan los tíos, no pasa nada.

—No, que va. Dijo que era porque no quería besarme porque yo había tomado algo de vino. La verdad es que me bebí más de media botella, lo reconozco, pero es que estaba nerviosa y no me di cuenta de que era vino peleón. Me sentó fatal. Aun así, era consciente de lo que hacía y de lo que quería.

—Pues díselo. Ve esta tarde al gimnasio y lo pillas por banda. Hay rincones muy interesantes que Jorge y yo hemos explorado. El vestuario del SPA, por ejemplo, esta infrautilizado. Nadie va.

—No quiero que me cuentes eso —dice Jenni—, que soy la novia de tu hermano.

—No voy a contar los detalles —contesta Alicia riéndose—, solo digo que acudas y que lo veas allí. No vale la pena estar enfadada, Cris. El chico es majo.

—Puede que vaya, no lo sé —digo arrepintiéndome al momento cuando Alicia empieza a aplaudir.

—Iremos sobre las siete, haremos clase en la zona de cardio, Jorge nos dirigirá. Te esperamos. Me voy a seguir currando —dice Alicia y mira a Jenni. Sí, las dos trabajan en la misma empresa, pero sí de nuevo, yo también quiero terminar pronto y quizá, sí otra vez, ir al gimnasio. No es que me entusiasme el deporte, pero Jorge hace que la clase sea divertida.

Quique llega tras la hora de la comida y se extraña al mirar la mesa de Ágata, que está vacía. Me encojo de hombros.

—Ha dicho que se tomaba la tarde libre.

—Es extrañísimo —dice Quique, pero jamás se atrevería a preguntarle si le pasa algo.

Seguimos con nuestro trabajo hasta las seis, que me voy a casa y me cambio con la ropa de ir al gimnasio. Cojo la bolsa y le doy un beso a mi madre, que anda distraída con su último cuadro.

En el gimnasio, me pongo unas mallas moradas y negras y una camiseta de tirantes negra, cojo mi pelo en una coleta y salgo disparada hacia la sala. Son las siete y diez y ya habrán empezado sin mí, que los conozco. Es raro que yo llegue tarde, pero en el camino me he parado siete veces y he estado a punto de volverme a casa otras tantas. Al final, me he llamado cobarde y aquí estoy.

Alicia me saluda desde la bicicleta estática y me acerco a ella. Saludo a Jorge que le está corrigiendo la postura.

—¿Por dónde quieres empezar, Cris? —me dice el cachas novio de Alicia.

—Yo qué sé, tú mandas.

—Venga, pues a hacer pecho. Coge dos mancuernas de cinco kilos y ponte delante del espejo, ahora voy a explicarte el ejercicio.

Me acerco al banco donde están las pesas esquivando a un par de tíos que están levantando yo que sé cuantos kilos. Levanto una con cada mano y suspiro. Pesa mucho y yo no estoy en forma.

Me giro enfadada y entonces me tropiezo con el tipo que está levantando una gran mancuerna, pierde el equilibrio y deja caer una de ellas.

—Ay, lo siento —digo mirándole a la cara. Luego miro sus brazos, su cuerpo y después otra vez a la cara. ¡Qué calor me ha entrado!—. James, claro. Siempre me tropiezo contigo.

—Ya lo siento, pero yo estaba antes aquí —dice enfadado y deja la otra mancuerna en el suelo. Lo huelo levemente y me da escalofríos.

—No he querido decir eso, o sea —digo mirando su ceño fruncido—. Mejor me callo o me voy.

—Ya estáis aquí —dice Jorge empujándome para que me ponga al lado del incómodo hombre.

Nos pone en la posición correcta. Yo llevo cinco kilos, pero James lleva veinte que levanta con facilidad. Jorge nos deja y ahí estamos los dos, levantando las pesas para hacer bíceps, con el rostro como si nos hubiéramos comido un pepino. O una «gilda». De repente, recuerdo la cara del guiri y me echo a reír, pierdo la fuerza y se me caen las pesas delante. Menos mal que no he dado a nadie.

—¿No te tomas nunca nada en serio? —refunfuña James mientras deja sus pesas en el banco.

—Me tomo muchas cosas en serio —contesto enfadada y me voy de allí. ¿Qué se ha creído?

Jenni se baja de la bicicleta elíptica y viene detrás de mí corriendo. Me para y me vuelvo.

—Me das miedo —dice y no puedo evitar sonreír— ¿Qué narices te pasa?

—Este tío, que es tonto —digo. Alicia se une y nos escapamos de la sala para sentarnos en uno de los bancos de la recepción.

—Cuéntanos —dice la recién llegada.

—No hay nada que contar. Él es muy serio e incapaz de aceptar una broma y no me va. Solo es eso.

—A veces los extremos se atraen —dice Jenni. Arqueo las cejas y ambas sonríen—. Está bien, la prueba de fuego. Te voy a presentar a un amigo de David que casualmente está aquí. Vamos a ver si el guiri pasa de ti o no.

—¿Para qué? Ni siquiera sé si me gusta, chicas. O sea, lo acabo de conocer.

—Pues cuando lo has visto le has hecho un repaso que seguro que sabes la talla que calza —dice Alicia y me pongo colorada porque es verdad. Da pena cuando las amigas te conocen tanto que es imposible ocultarles nada. O porque quizá mi cara es el espejo de mi alma, como dice mi madre.

—Vale. Y si está bueno, a lo mejor aprovecho, que ya tengo ganas —digo haciéndome la chulita.

Jennifer aplaude, ahora le toca a la pelirroja. Vamos las tres a la sala y nos ponemos cerca del tipo ese para que pueda observarle.

—Se llama Pablo y es arquitecto. Es compañero de la promoción anterior a la nuestra, pero ayudó a David con un proyecto. Es majo y está recién divorciado.

—Uy, recién divorciado, solo querrá un polvo —digo escéptica.

—Pues mejor. Así tienes asegurado pasar bien la noche, tontina —dice Alicia—, míralo, está muy bueno.

Lo observo evaluando el personal. Es moreno, alto y tiene los ojos oscuros. Está fuerte, sí, y sonríe bonito. Claro que he de reconocer que me atraen los castaños de ojos azules últimamente. No creo que lo de James haya sido amor a primera vista, pero me gusta más de lo que debería.

Jenni se hace la encontradiza con Pablo y él se vuelve con una sonrisa. Nos presenta.

—Mira, estas son mis amigas, Alicia, la novia de Jorge y Cris, que no tiene…

—Que no tiene ni idea de cómo se usa ese aparato —digo señalando uno de ellos. Esta bruja pelirroja iba a decir que no tengo novio y hubiera parecido desesperada.

—Ah, yo te enseño. Llevo haciendo gimnasia con varios entrenadores hace años, aunque tu novio es buenísimo —dice a Alicia. Ella sonríe, orgullosa.

No me queda otro remedio que plantar mi toalla sobre el banco y ponerme a levantar pesas.

—Mira, este aparato sirve para mejorar tu tríceps. Tienes que llevarlo por delante.

Estiro las manos para coger la vara o como se llame y como no llego, Pablo me la acerca, rozándome los brazos. Me pongo nerviosa y agarro la barra, pero él me dice como cogerla, llevándome las manos hasta la esquina. Luego me dice que apoye mi pecho en el respaldo del banco y que arquee la espalda, bajando los hombros. Lo explica tan bien que me pone muy nerviosa. Empiezo con poco peso y bajo la barra hasta mi parte delantera. Él está ahí, corrigiéndome, y veo que las traidoras de mis amigas se han ido. Después de las quince series, lo suelto y él vuelve a ayudarme para que la barra no golpee la parte de arriba.

—Lo has hecho muy bien, Cris. Tienes unos bonitos brazos. ¿Vienes mucho al gimnasio?

—La verdad es que no, creo que es genético. O que no paro quieta.

Se ríe de mi broma y empiezo a sentirme cómoda. Tal vez no sea mala idea abrirme a otras opciones.

—Pablo, mañana iremos a tomar unas cervezas en la nueva cervecería, otra que hemos decorado ¿te vendrás mañana a las siete? —dice Jenni guiñándome el ojo. Él me mira y asiente.

Creo que me gusta un poco. Miro de reojo al lugar donde estaba James, pero ya no está. De todas formas, no ha servido para ver su reacción, aunque sí para conocer a un hombre interesante.

Día 5 antes de San Valentín (10 de febrero, miércoles)

El día se me hace largo. Tengo ganas de ver a Pablo. Al parecer, una pajarita pelirroja le ha pasado mi teléfono y me ha enviado un mensaje diciéndome si nos veíamos esa tarde. Le he dicho que sí. Ágata está trabajando y no nos ha dicho por qué no vino a trabajar ayer, y, aunque le he insinuado algo, no me ha contado nada.

—Oye, ¿por qué no os venís a tomar algo al local que han decorado David y Jenni? Hay cerveza gratis.

Me río, pero insisto. Estos dos tienen que acabar juntos como me llamo Cristina María de la Esperanza. Sí, es un nombre largo que nadie sabe y me tendrán que torturar antes de confesarlo.

—De acuerdo —dice Ágata sorprendiéndonos—, ¿vamos los tres juntos?

Sin acabar de salir de mi asombro, asiento y miro a Quique que todavía no ha reaccionado. Es un tipo encantador, un gran vendedor, pero en cuestión sentimental, creo que le falta un poco de práctica.

Así que llegan las seis y media y como hemos terminado lo pendiente del día, nos prepararnos para irnos. Mientras Quique cierra las persianas, miro a Ágata.

—¿Estás bien? —digo. La verdad es que está algo pálida.

—Sí, sí, bien. Es hora de que salga a divertirme ¿no? Es lo que siempre me dices.

—Ya, pero nunca me haces caso.

Sonríe y Quique se acerca. Lo pongo en medio y le cojo del brazo. Ágata hace lo mismo y vamos caminando los tres, como si fuésemos Dorothy y sus amigos por el camino de baldosas amarillas. Me pongo a cantar la canción de Judi Garland, pero no bailo porque no me van a seguir.

we're off to see the wizard
The wonderful wizard of Oz

Y sí, me la sé, porque era una de las películas favoritas de mi madre y la he visto varias veces. Vale, reconozco que me encantaba ver los personajes. El que más me gustaba era el espantapájaros.

Seguimos caminando, algo más apretados porque hace mucho frío. Creo que Quique, que no ha dejado de sonreír desde que Ágata se ha apretado a él, está más que contento.

La cervecería está en el centro, así que llegamos rápido. Hay un portero muy elegante en la entrada y nos deja pasar. Me da la sensación de entrar en otro mundo. Está decorada con antiguos barriles, enormes tuberías de cobre y tonos suaves. Un lugar donde relajarse tomando cervezas artesanas, sin duda. Al fondo, han montado un pequeño escenario para grupos locales y ahora mismo está tocando una banda de tres, batería, bajo y cantante y es una especie de country rock, o algo similar, pero me gusta.

Jennifer nos ve y viene a saludarnos.

—¿Os gusta el local?

—Es precioso, sin palabras —dice Ágata.

—Venga, id para allá a tomar unas cervezas, yo me quedo un momento con Cris.

Quique se lleva a Ágata hacia un hueco en la barra y Jenni me mira con los ojos brillantes.

—Es un sitio perfecto, de verdad, y cabe mucha gente sin estar agobiada.

—Que sí, pero por lo que vengo es porque están los dos. Pablo me ha preguntado por ti y James también. O sea, dos por el precio de uno.

—Qué incómodo, ¿no?

—O qué divertido. Pásatelo bien, pero primero, vamos a ver a Pablo que ha venido antes que el otro.

—Si es que el guiri siempre llega tarde, ya lo sé.

Me acerca sin soltarme de la mano hasta David, que está hablando con Pablo. Lleva una camisa blanca y vaqueros y hay que reconocer que está cañón. Me sonríe y me da dos besos, uno de ellos, muy cerca de la boca. Quiero pensar que ha sido a propósito.

—Bueno, nosotros tenemos que atender a la gente, hasta luego —dice Jennifer llevándose a un despistado David.

—Un sitio bien terminado —dice Pablo para romper el hielo.

—Sí —digo tomando la cerveza que me ofrece el camarero sin pedírsela. Nos pone también una bandejita con frutos secos y otra de patatas chips.

—Me alegro de que hayas podido salir pronto de trabajar y venir —me dice.

—¿Así que eras compañero de David? —le pregunto porque me he quedado sin saber qué decir.

Empieza a contarme cosas de la universidad y de los proyectos que hicieron juntos. Yo voy sorbiendo la cerveza y escuchándole. Habla con pasión, pero a mí, la verdad, no me la contagia. O sea, más bien me aburre un poco. O será que tengo la cabeza en otra cosa. O en otro coso. He mirado de reojo y está ahí, con Alicia y Jorge hablando, pero una vez nos hemos cruzado la mirada.

La cerveza hace su magia y me disculpo para ir al baño. Además de un baño accesible en la planta cero, hay otros en la planta baja, en el sótano. Al parecer el local está construido sobre unas antiguas bodegas. De hecho, respetaron la estructura y solo la cerraron con una puerta. Me dijo Jenni que podía haber fantasmas. Así que, con ese pensamiento, bajo un poco muerta de miedo. Las escaleras tienen el muro de ladrillos rústicos y bombillas sueltas, como si fuera la bajada a una mina. Esto no me encanta. En la zona de baños hay un pequeño recibidor con dos sillas y un lavabo y dos puertas a servicios de hombre y mujer. La tercera puerta se ve como envejecida. Antes de ir al baño, me miro al espejo y veo una sombra a mi espalda. Doy un bote y me tropiezo con mis pies, pero antes de caerme, me cogen en volandas.

—A veces eres algo torpe, ¿no? —dice James sonriendo y sin soltarme de sus enormes brazos. Siento el calor de su pecho sobre el mío y miro hacia arriba, viendo su barbita rubia y sus ojos cálidos.

—¿En serio me acabas de llamar torpe? —digo sin apartarme.

—No. Siento haberte asustado.

—Es que me han dicho que hay fantasmas y bueno, no hiciste ruido.

—Te estaba buscando, Cris.

Todavía no nos hemos soltado. Ninguno quiere. Mi corazón retumba en su pecho y va a toda velocidad.

—¿Y para qué me buscabas?

—Para disculparme por haber sido tan borde en el gimnasio y también quería salvarte de morir por aburrimiento. Te he visto esconder un bostezo —sonríe y me deja mirando sus dientes perfectos, se nota que ha llevado aparato.

—Un poco. Es que estoy cansada.

—Ajá —dice y una de sus manos se dirige hacia mi rostro y lo coge suavemente, hasta subirlo. Entonces él baja el suyo y sus labios rozan los míos, sin llegar a besarlos. ¿Y todo por qué? Porque Alicia baja a trompicones por la escalera.

James me suelta y sin perder tiempo, entro al baño a hacer pis y, cuando salgo, James ya no está. Miro decepcionada a Alicia que tiene la cara compungida.

—Lo siento, Cris, ¿iba a besarte y he metido la pata?

—Mejor, no sé ni lo que quiero —digo confundida. Alicia me da un abrazo corto, pero entra al baño enseguida porque las cervezas le pesan. Me quedo mirando la zona de la tercera puerta y , noto una corriente de aire frío que me hace temblar. Alicia sale y la cojo de la mano y subimos corriendo las escaleras.

—¿Qué te pasa? —dice cuando llegamos arriba.

—Que me da mala espina esa puerta —digo, me giro y me tropiezo con una pared de hombre. Miro hacia arriba, pero el cabello es moreno.

—Pensé que te pasaba algo, iba a buscarte.

—Nada, Pablo, que me he encontrado con Alicia y ya sabes, hablando un rato.

—Ahora subo, voy yo al baño.

Lo dejamos bajando las escaleras y aprovecho para echar un vistazo alrededor. No me da tiempo de terminar, cuando Alicia me lleva a la pista a bailar la típica canción de estas fiestas, es algo antigua, pero todo el mundo parece conocer sus pasos.

Me pone la primera de la fila porque sabe que me pirra bailar. Jenni se pone a nuestro lado y los demás se van colocando en fila detrás y el cantante comienza a soltar lo suyo. Nos ponemos las manos en los bolsillos y estamos dispuestas a bailar, taconeando los pasos, la verdad es que solo nos faltan las botas de *cow boy* y el sombrero. Me pregunto si James tendrá uno. O quizá es un tópico. El estribillo ataca y cantamos a voz en grito.

No rompas más mi pobre corazón
Estas pegando justo entiéndelo

Si quiebras un poco más mi pobre corazón
Lo harás mil pedazos quiérelo.

Seguimos el baile como si no hubiera un mañana, partidas de risa y exagerando algo los pasos, sobre todo yo, que soy algo payasa. Ya me he animado y me rio a carcajadas cuando Jenni, a la que no se le dan muy bien los bailes, tropieza conmigo. Casi nos caemos de culo, pero seguimos el baile. Después de que acaba, aplaudimos en la improvisada pista entre las mesas y comienzan a tocar una canción para bailar agarrados. Las parejas se forman y yo me quedo un poco colgada. Al final, unos brazos me agarran y me vuelvo. El moreno se ha quedado a un paso, ganado por sus piernas largas por el guiri. Le sonrío y él me lleva al centro de la pista.

Empieza a cantarme la canción en el oído.

—Es de Josh Turner. Habla de un hombre que nunca ha sentido algo como lo que está sintiendo por una mujer, pero que le dice que le da su tiempo, que pueden ir poco a poco. Le pide que se tome su tiempo, pero que no lo olvide. Que él la ama.

Lo miro conmovida. ¿Se está declarando o qué? Él me ha cogido de la cintura y acaricia mi espalda mientras se mueve a ritmo de la canción.

—Me parece bien lo que dice ese hombre —digo mientras lo miro a los ojos—, es un pensamiento razonable.

Sonríe con sus ojos y una pequeña arruguita se forma en ellos y pienso que es perfecta. La canción se acaba y empieza otra, y, sin que nos demos cuenta, alguien me coge de la cintura y se pone a bailar conmigo. Pablo me agarra fuerte y James se retira, pero en sus ojos no veo la derrota, sino el desafío.

Pablo no me canta, pero sí me hace bailar y dar un par de vueltas con mucho estilo.

—No será tu novio, ¿no?, el americano.

—No salgo con nadie —digo sin explicar más.

—De momento —dice Pablo y me sigue haciendo bailar y reír. Lo cierto es que tiene su puntito y ahora estoy muy confusa.

Acaba la canción y, antes de que otros brazos me cojan, Alicia se me lleva a un rincón.

—Oye, ¿qué pasa? Se respira tensión sexual no resuelta, pero con los dos.

Jenni llega y ella vuelve a decir lo mismo.

—Como sois. Primero, que me divierta; cuando me estoy divirtiendo, que qué pasa.

—Son los dos tíos más buenos de todo el bar, exceptuando los nuestros, claro. Y ambos están pendientes de ti. Joder, Cris, ni en una peli romántica.

—Ya sabéis que no creo en las pelis románticas ni en el enamoramiento a primera vista y a ambos acabo de conocerlos… pero… James me ha cantado al oído y casi me derrito.

—Oh —dicen ambas a la vez.

—Y Pablo me ha hecho bailar y reír, aunque se ha pasado un poco con las anécdotas de la universidad.

—O sea, que ambos te atraen —sentencia Alicia.

—No lo sé. Pero tampoco tengo que elegir, ¿no? O sea, soy libre de hacer lo que quiera.

—Y harás bien —dice Jenni—, diviértete y disfruta de la atención de estos dos.

—Pero no me gusta jugar así, o sea, ahora con uno y luego con otro.

—No te estoy diciendo que te acuestes con ambos —dice Jenni.

—Aunque tampoco pasaría nada. Siempre es mejor catar el vino antes de pedir la botella entera —dice Alicia y nos echamos a reír.

—Te decía —continúa Jenni—, que te diviertas un poco, que los conozcas y luego tu corazón sabrá.

—Pues como sea tan despistado como el tuyo, voy dada —le digo a Jenni y se pone colorada. Estas Navidades pasadas fue cuando se dio cuenta de que estaba enamorada de su compañero de piso y amigo de toda la vida David, el hermano de Alicia.

—No creo, eres de decisiones rápidas —dice Alicia.

Me giro y veo a ambos, uno en cada lado del local, mirándome. Ahora es cuando debería irme hacia uno o hacia otro, pero como soy incapaz, desaparezco y me voy hacia el guardarropa y, con mi abrigo y mi bolso, hago una despedida a la francesa.

Día 4 antes de San Valentín (11 de febrero, jueves)

Quique mira con ojos tiernos a Ágata, y lo que es más sorprendente, ella le devuelve la mirada. Se levanta de su mesa y nos comenta que se va al banco. Es mi momento. Me vuelvo hacia mi compañero que está haciendo como si trabaja. Me conoce demasiado y sabe que no voy a pasar la oportunidad.

—¿Qué ha pasado? De pe a pa —le digo cogiendo una silla y sentándome enfrente de él, por el lateral.

—Bueno, ayer lo pasamos muy bien, tomamos unas cervezas y charlamos como nunca.

Se queda callado y yo lo miro como si fuera un extraterrestre.

—¿Y? ¿Y qué más?

—Nada más, la acompañé a casa en un taxi y luego me fui a mi casa.

—¡Pero si se os ve tan acaramelados! No puedes mentirme, Quique, que yo propicié esto.

—Eres lo peor, Cris. Está bien, le di un beso antes de despedirnos.

—¿Con lengua o sin? —digo mirándolo y se pone colorado.

—No contestaré a esa pregunta. —Se gira y comienza a trabajar.

—Bueno, pero el beso puede ser puntual —digo—, o sea, tienes que pedirle que salga contigo o si no, todo se enfriará. El domingo en la fiesta de San Valentín es un buen momento. Prepara un detalle para ella, algo bonito y dáselo. Y le dices que estás enamorado desde hace años —medito un poco—, bueno, eso no que igual se asusta. Dile que te gustaría salir con ella.

—No te preocupes, le diré lo que le tenga que decir —me sonríe y sé que me lo dice con cariño—, ahora ya es cosa mía.

—Me alegro, Quique, está claro que a ella le gustas de verdad.

—¿Y tú? Te vi bailar con el americano y con otro hombre moreno.

—Ah, sí. Son majos. Pero no me decido. O sea, los dos parecen buena gente y están muy bien… pero uno es muy serio y el otro un poquito pesado con ciertos temas.

—¿Y tú? Te recuerdo que también tienes defectos o llámalos «cosas que pueden no gustar a todo el mundo».

—Lo sé, lo sé. No creas que los paso de largo. Pero después del chasco con mi ex, creo que me da miedo lanzarme a la piscina.

—Normal. Pero puedes probar a mojarte los pies y ver qué pasa.

—Me recuerdas a mis amigas —bufó llevando los ojos arriba.

—O a ti. Llevamos más de seis años trabajando juntos, algo se me habrá pegado.

Sonríe y me levanto y le doy un abrazo. La verdad es que es buen amigo y compañero. Nunca nos hemos pisado ventas, ni hemos traicionado la confianza. Sé que puedo contar con él, como él conmigo. Eso es lo que quiero en un hombre. Poder contar con él, pero, además, estar locamente enamorada y que yo sea su prioridad. Sé que suena algo egoísta. ¿Pueden alguno de los dos corresponderme de esa forma? Además, ayer me fui sin despedirme de ninguno, pensarán que soy una maleducada. Supongo que me toca dar el primer paso a mí. Pero ¿hacia dónde?

Abro el chat de las amigas y les envío un mensaje.

Yo: No sé qué hacer...

...

Jenni: ¿sobre qué?

Yo: Sobre Pablo y James

Alicia: ¿Todavía dándole vueltas? Chica, sal con los dos

Yo: eso no me gusta

Jenni: a mí tampoco realmente, pero si no los conoces bien, ¿cómo vas a decidir?

Alicia: Queda hoy con uno y mañana con otro, así vas tanteando.

Jenni: Dice David que Pablo es muy legal, que su ex lo dejó porque se enamoró de otra persona, pero no porque él fuera mala gente.

Yo: ¿En serio le estás retransmitiendo la jugada a David?

Jenni: Es que estamos aquí con unos planos y bueno... también es tu amigo.

Yo: Ya...

Alicia: ¿Con cuál te sientes más cómoda? Dilo sin pensar.

Yo: creo que con James, pero él no aguanta mi carácter creo, o sea, no le gustan las bromas y esas cosas.

Jenni: Esta tarde vamos a terminar el piso de James. Acércate con cualquier excusa y lo ves.

Yo: Me siento mal porque no me despedí, fue un tanto infantil.

Alicia: Si es que siempre has sido como una niña...

Yo: No seas mala. ¿A qué hora habéis quedado?

Jenni: A las cinco, pero estaremos ahí toda la tarde. Los muebles ya están montados, faltan esos detalles bonitos.

Yo. Está bien. Iré. A ver qué pasa.

Nos despedimos con múltiples emoticonos de besos y abrazos y me concentro en el ordenador. Comeré en la oficina para salir antes. Se lo comento a Ágata, que ya ha vuelto del banco, y le parece bien.

A las cinco tengo ya todos los contratos y papeles pendientes hechos y me levanto nerviosa. Pensaba ir más tarde, pero creo que, aunque me quede, no va a ser productivo. Paso los contratos al despacho de Ágata y me despido. Sigo viéndola algo más pálida, pero ella me sonríe.

Cojo el tranvía y me voy para la casa de James. Se instaló ayer, aunque solo tenía el colchón. Creo que estaba deseando tener su propio espacio. Además, empezaron a llegar cajas de libros y otros objetos.

Llamo al timbre y me abre uno de los ayudantes de David y Jenni, al que conozco de otras obras. Lo saludo y entro. Dejo la cazadora en el perchero de la entrada y paso al salón. El impacto es total. Miro la habitación maravillada. Ni siquiera veo si hay personas en él. Los muebles, la luz, la chimenea encendida, estanterías llenas de libros…. Un ambiente cálido y agradable me recibe y me emociono y enfado a la vez, porque esa no sea mi casa.

—¿Te gusta? —dice James saliendo a mi encuentro.

—Es perfecto —susurro.

Jenni viene con un cojín en la mano y me da un abrazo. Entonces, despierto de mi estado hipnótico y veo que los tres me miran sonriendo.

—Habéis hecho una obra maestra, como es habitual en vosotros.

—Gracias, amiga —dice David contento.

—James, ¿por qué no le enseñas el resto de tu casa? —dice Jenni—, así acabamos los últimos detalles del salón.

Él me coge de la mano, porque todavía no reacciono del todo, y me lleva al aseo del piso de abajo que es pequeño, pero muy mono, y a la cocina. Es alargada y han puesto una mesita para dos enfrente de todos los muebles. Los muebles de abajo son grises y los de arriba, blancos. Eso le da una sensación enorme de amplitud.

—¿Te gusta? —dice James y solo puedo asentir.

—Te voy a enseñar mi dormitorio.

Entonces reacciono y lo miro fijamente y él se echa a reír, arrastrándome hacia el piso de arriba.

Entramos en un dormitorio sencillamente amueblado en tonos crudos.

—Este es el de mis padres cuando vengan a verme. Ven a ver el mío.

Abre la puerta y entonces lo veo. Una enorme cama de dos por dos preside la habitación. Todo está decorado en los tonos azules y grises que elegimos. Hay un enorme armario e incluso una mesa donde tiene el portátil. El sitio es cálido, acogedor.

James coge mi otra mano y me mira de frente.

—¿Por qué huiste ayer? O mejor dicho, ¿huías de él o de mí?

—Yo, es que, no lo sé, James. Apenas os conozco a los dos. Sé que estuvo mal marcharme así, pero me vi superada, la verdad.

Bajo la cabeza y él toma mi barbilla y me la sube. Me mira con intensidad y sonríe.

—Creo que dejamos algo a medias ¿no?

Avanza hacia mí y sus labios se unen a los míos, y no puedo evitar —ni quiero— pasar mis brazos por su nuca y atraerlo más hacia mí. Él me coge de la cintura y me aprieta contra su pecho. Sus besos profundizan hasta el punto de que empiezo a sofocarme. Me separo ligeramente de él. Y le sonrío.

—Bueno, pues ya está lo que dejamos a medias —digo, nerviosa. Él se pone algo serio y yo veo que he metido la pata—, o sea…

—Vamos a ver qué tal van Jenni y David.

Ya no me coge la mano. Sale delante de mí y veo su perfil algo decepcionado. Si es que soy una bocazas y cuando me pongo nerviosa, digo muchas tonterías, tengo una especie de diarrea verbal y ahora la he fastidiado. Y con lo bien que besa.

Jenni me mira cuando bajamos al salón y yo niego con la cabeza. Nos enseñan todo y los operarios finalmente se van.

—Bueno, ya está tu casa terminada. Ahora solo queda disfrutarla —dice David.

—Sí, la verdad es que ha quedado estupenda. Estoy seguro de que a mis padres les va a encantar. Vienen la semana que viene a pasar unos días y conocer la ciudad.

—Bueno, nosotros nos tenemos que ir —dice Jenni cogiendo a David de la mano—, que disfrutes mucho, James.

David enseguida pilla lo que pasa y se van dándonos un abrazo a cada uno.

James me mira sin decir nada y yo me pongo algo colorada.

—Lo siento, James, lo que te he dicho antes. Me he puesto nerviosa.

—¿Te has puesto nerviosa? —dice acercándose un poco.

—Sí, la verdad. Yo no esperaba ese beso.

—Ah, vale.

Otra vez me he expresado mal.

—Lo que quiero decir es que no esperaba que tu beso pudiera afectarme tanto y hacerme decir tantas tonterías —suelto por fin.

—Ya veo —dice acercándose un poco más a mí y cogiéndome de la cintura—. Entonces, si te sigo besando, dirás cada vez más cosas absurdas.

—Oye, tampoco te pases —protesto, pero me acalla besándome y uff, los calores de la muerte hacen su efecto.

Me lleva hasta el sofá, donde se sienta y hace que me siente en su regazo, de lado, acariciando mi cintura y sin dejar casi de besarme. Lo agarro de la nuca y meto mi nariz en su cuello y aspiro su delicioso olor a colonia suave y a piel. Me río un poquito.

—¿Qué? —dice él.

—Hueles de maravilla —le digo volviéndolo a besar. Y sabe de maravilla. Este hombre sí que conoce los trucos de los mejores besos.

Su mano se desliza por mi cintura y roza mi piel, produciéndome un escalofrío. Pero es muy discreto, solo me acaricia con el pulgar, sin subir o bajar a ningún sitio.

Me aparto un poco de él y le desabrocho la camisa. Desde que vi esos pectorales, estoy deseando tocarlos. Me ayuda a quitársela y luego levanta los brazos para que le quite la camiseta que lleva debajo por donde debe, y no se la arranque como son mis intenciones. Ya lo tengo a pecho descubierto y solo vestido con los vaqueros. Acaricio la suave piel, con muy poco vello de su pecho y noto que debajo de mí, algo se mueve. Él se siente algo apurado, aunque yo sonrío. Me gusta que me deseen.

Lo beso de nuevo y acaricio sus brazos. Él sigue sin pasar de mi cintura, aunque por su erección, tengo claro lo que le apetece. ¿Y por qué no? Somos adultos. Me aparto un momento y lo miro.

—¿Quieres estrenar conmigo la cama? —digo y veo la duda en su rostro.

—No es que no quiera, pero… ¿no vamos muy deprisa? O sea, yo te deseo, lo sabes, pero no quiero que pienses que yo…

—Te lo he propuesto, pero no importa, hay tiempo. No tenemos por qué dar ese paso ahora.

Me bajo de su regazo algo incómoda. Sé que es muy prudente y quizá yo muy lanzada, pero quería su cuerpo ya mismo. Se pone la camiseta y en su rostro veo culpabilidad.

—No pasa nada, James. Quizá es mejor así. Primero podemos conocernos un poco más.

—¿Te apetece una cerveza o algo de beber? —dice levantándose y recolocándose… eso.

—Gracias.

Va a la cocina y me siento en el sofá. Podríamos haber pasado un buen rato, pero quizá me estoy equivocando y he apresurado mucho las cosas. Además, queda el tema de la tal Melinda, que no me ha contado.

Saca dos cervezas sin alcohol y unas olivas. Desde que está aquí, le encantan, me dice.

Nos ponemos sentados en unos cojines delante de la chimenea. Jenni y David han creado un rincón precioso para disfrutar. Y también para «hacerlo», es decir, que algún día, me gustaría estar con él de forma carnal delante de la chimenea.

Me habla de su vida en Chicago y de su infancia. Creo que quiere que lo conozca bien. Dos o tres veces lo veo que parece que va a decir algo diferente, pero suspira y se queda callado o habla de cosas superficiales. Supongo que no me conoce lo suficiente todavía para abrirse.

Yo también le cuento cosas, de mi y de mis amigas, de mi relación anterior, a ver si se anima, y de mis dudas. Me escucha atento, de vez en cuando me acaricia la mano o la cara, pero ya no me vuelve a besar.

Poco a poco se va pasando el rato de una forma agradable, diría que familiar. Cuando me acompaña a casa, me da un casto beso en la mejilla y creo que me siento algo estafada. Quería más pasión, y parecía que él también, pero todo se ha quedado en nada, como el agua de las deliciosas borrajas.

Día 3 antes de San Valentín (12 de febrero, viernes)

Alicia: ¿Pero te ha pedido que salgáis o no???

Yo: ... sois un poco pesadas, si lo sé, no os lo cuento.

Jenni: Somos tus amigas del alma, tienes que contar todo, menos los detalles íntimos, claro, si los hubo.

Yo: No los hubo. Dice que quiere ir despacio.

Alicia: Puede que sea de una de esas religiones que impiden sexo antes del matrimonio.

Jenni: Ya te digo yo que no.

Yo: Un momento, ¿por qué dices eso?

Alicia: Eso, que te hemos pillado.

Jenni: Es que...

Yo: Venga, suéltalo.

Jenni: Debería ser él quien te lo contase.

Yo: Como no me lo cuentes, voy a tu casa y te estiro del pelo.

Estoy nerviosa. He venido a trabajar y Ágata no estaba. Quique tiene mala cara y no me dice nada. Y ahora mi amiga tampoco.

Alicia: Venga, Jenni, que nos tienes en ascuas.

Jenni: Está bien, pero si él no te lo dice, tú no sabes nada. Verás, James tiene un hijo, o en realidad, lo tuvo por un tiempo.

Yo: ¿?

Alicia: ¿???????

Jenni: Estuvo saliendo con una chica, con la que viajó por México y Argentina, antes de empezar la universidad, pero ella lo dejó. Hace un año, Melinda, que se llama así, se presentó con un niño de seis años y dijo que era suyo. Retomaron la relación y él parecía estar emocionado por tener familia y trabajo. Todo le iba bien, hasta que ella se volvió a ir, al cabo de unos meses de convivir los tres. Le dijo que el niño realmente no era suyo, pero que estaba teniendo problemas económicos, pero que ahora el verdadero padre la había llamado. Y se fue, dejando al pobre James tirado. Por eso se fue de Chicago.

Alicia: Qué mal.

Yo: Es muy fuerte. O sea, tengo a la tal Melinda delante de mí y le doy un par de hostias. Pero lo malo es que debe seguir enamorado.

Alicia: ¿Por?

Yo: Porque la llamó en sueños. Y no puedo competir contra eso.

Jenni: No te desanimes y recordad, no os he dicho nada.

Me despido de ellas con la excusa de que ha entrado un cliente, aunque no sea cierto. Me pongo a renovar la web y poner los nuevos inmuebles que han entrado y escucho a Quique suspirar.

Miro hacia él y la verdad es que tiene mala cara. Ágata no ha vuelto todavía y me lanzo por mi compañero.

—A ver, ¿qué te pasa? ¿Es por Ágata?

—Sí, pero no en el sentido que piensas. Le pedí que saliéramos juntos, pero dice que no quiere arruinar mi vida.

—¿Y eso qué narices es?

—Mira, la razón por la que falta tantas veces en los últimos días es porque le han diagnosticado un cáncer de mama y a partir de ahora tendrá que hacer quimio, porque es bastante agresivo. Al principio pensó que debía vivir la vida, y por eso casi llegamos a algo, pero luego ha dicho que no quiere que esté al lado de una enferma y que empiece una relación complicada.

—¿Y tú que quieres?

—Cris, yo no quiero separarme de ella en toda la vida, quiero estar con ella para siempre, en lo bueno, lo malo o lo regular.

—Pues díselo, Quique. Si de verdad estás dispuesto a estar con ella, con todo lo que lleva su proceso, convéncela.

—Mi tía tuvo dos tumores en el pecho y yo fui a verla muchas veces. Sé lo que significa y cómo mi tío estuvo a su lado todo el tiempo. No es que vaya a ir engañado. Pero ella se niega.

—Ya, comprendo. ¿Puedo hablar con ella? Te parece que le diga que lo sé.

—Supongo que ella querría decírtelo. Tal vez le moleste que te lo haya contado.

—Tú déjame cantarle las cuarenta… y ¡mira! Por ahí viene.

Quique se mete en sus papeles porque me conoce. Ágata nos saluda y nos mira raro y cuando se sienta en su despacho, entro decidida y me siento enfrente.

—¿Desde hace cuánto nos conocemos? —Levanto la mano para que no me conteste—. Desde hace más de seis años. Desde que venías a trabajar con tu padre y finalmente te convertiste en mi jefa, pero también en una gran amiga. Yo así lo siento. Entiendo que no me hayas contado nada —Ágata mira apretando los labios a Quique, que le devuelve la mirada con una disculpa—, pero lo que no entiendo es que ya te estés enterrando. —Capto su atención e intenta decirme algo, pero vuelvo a levantar la mano—. Ese hombre de ahí está enamorado de ti hasta las trancas y sí, ya sabemos que ahora lo vas a pasar mal, pero será algo de un tiempo y él puede acompañarte, cogerte de la mano y consolarte cuando estés cansada. Podéis reíros de películas tontas o ver una de amor, podéis estar juntos, como debe de ser, y no echarlo de tu vida. Siempre has estado trabajando, ni siquiera sé si se lo has dicho a tus padres. —

Ella niega con la cabeza con lágrimas en los ojos—. Ábrete a los demás, deja que te cuiden por una vez en tu vida. Déjate amar por Quique, porque él tiene un sentimiento tan profundo por ti, que no resistiría que lo volvieras a apartar.

Ágata lo mira y él no la pierde de vista. Los tres tenemos lágrimas en los ojos y, por fin, ella se levanta y va hacia Quique. Este le toma de las manos y le da un suave beso en los labios.

—Venga, marchaos a dar un paseo o lo que queráis, yo me quedo a cerrar.

—Está bien, Cris —dice por fin Ágata—, siempre metiéndote por el medio —sonríe—, pero te lo agradezco. Tienes razón. Él me ama y yo a él. Ya hemos perdido bastante tiempo.

Se marchan los dos y cojo un pañuelo porque estoy llorando a moco tendido. Espero que no entre ningún cliente en ese momento. Lo que es el amor de verdad. Su historia sí que es digna de una novela bonita, de valentía y determinación, aunque les haya costado arrancar.

Me tomo mi ensalada y sigo trabajando hasta las cinco. Ágata me ha enviado un mensaje diciéndome que se toman la tarde libre y me alegro. Tienen mucho de qué hablar y también asumir, porque la vida puede que no sea fácil a partir de ahora.

Cierro el ordenador y pienso que no me apetece irme a casa. Pero James no me ha enviado ni un mensaje y, la verdad, estoy un poco decepcionada.

Echo la persiana de la oficina y, a pesar del frío, camino hacia casa. Serán unos cuarenta minutos, pero necesito despejarme. No llevo ni dos calles, cuando me entra un mensaje. Miro ilusionada, esperando que sea James, pero no. Es Pablo.

Pablo: Hola, Cris. Estoy por el centro, ¿una cerveza?

Yo: ...

¿Me apetece una cerveza con Pablo?

Yo: Vale. ¿Dónde te veo?

Pablo: En el Rock&Blues ¿sabes dónde está?

Yo: Sí, voy para allá.

Pablo: Y yo.

Las cosas se ponen interesantes. No parece que esté enfadado por largarme el otro día sin despedirme. Llego al pub y entro al interior. Está forrado de madera y tienen pintas y otras cervezas artesanas. Pero me pido una sin alcohol. Quiero tener las cosas claras. Cuando me estoy sentando aparece, con su cazadora de cuero y sus vaqueros negros. Le quedan bien y lo sabe. Se agacha y vuelve a darme un beso muy cerca de la boca. Se pide una pinta y se sienta enfrente de mí, sonriendo.

—Me alegro de verte. Espero que esta vez no salgas corriendo.

—Um, sí, bueno, me encontraba mareada.

—Ya —dice y da un trago a su pinta—. ¿Qué tal estás? ¿Sales ahora de trabajar?

—Sí, la verdad, hoy ha habido trabajo. La gente busca locales para emprender, aunque como está el patio, no sé. ¿Y tú?

—Quería verte y además preguntarte precisamente por locales. Voy a ampliar mi estudio y, en lugar de tenerlo en un piso, quiero encontrar un local céntrico y bonito.

—Ah, claro —digo algo decepcionada.

—Pero, básicamente, me apetecía verte de nuevo. —Me sonríe y yo también—. Creo que conectamos el otro día y me gustaría quedar para cenar o lo que te apetezca. Aparte de lo del local.

—Sí, me caes bien. Y David me ha hablado muy bien de ti.

—Ellos también me han contado cosas tuyas —Levanto las cejas—, no íntimas, pero pienso que hemos pasado por situaciones similares en la vida. Eso siempre une.

Me encojo de hombros. Sí, la verdad que tanto él como yo hemos tenido malas experiencias. No creo que sea lo único que debamos tener en común y, aun así, quiero darle una oportunidad para conocerlo un poco más. No creo estar jugando con James y con él, solo estoy explorando las opciones. Me distraigo un poco cuando empieza a hablar de proyectos y mi mente va hace unos días, cuando Jenni me habló de la fiesta y no sabía con quién iría. Ahora tengo dos opciones bastante buenas y lo peor del caso es que no sé qué hacer. Es decir, he quedado con James para ir, pero también puede aparecer Pablo, ¿por qué no?

—¿Te apetece venir a la fiesta de San Valentín? O sea, hay que llevar pareja y me comprometí con James, pero no es nada definitivo.

Se ha quedado algo cortado porque estaba hablándome de estructuras y de jardines y yo le he interrumpido.

—Claro, sí, me gustaría ir. ¿Es el nuevo local que han decorado el estudio de David?

—Sí, de David y Jennifer —recalco—. Justo lo inauguran el día de San Valentín. Me dijo Jenni que iban a hacer incluso sorteos y tal.

—Pero si vas con James, yo no pinto nada.

—Es solo un conocido. No salgo con él. Nunca me iría con otra persona si saliera con alguien.

—Entonces me encantará ir.

—Vale, lleva una camisa negra. Supongo que tienes, ¿no?

—Sí. Llevaré una camisa negra.

Seguimos hablando y yo me quedo algo más tranquila. A ver, quiero que vengan los dos a la fiesta y me doy de tiempo hasta ese día para decidirme con quién quiero salir. Creo que ambos estarían dispuestos, pero yo tengo dudas.

Se hacen las diez y me acompaña a la parada del tranvía. El frío me ha puesto las mejillas sonrojadas y él me acaricia una de ellas. Luego se acerca un poco y me da un beso suave. Sus labios me gustan, son algo más finos que los de James, pero sabe lo que se hace. Me besa un poco más profundo y me dejo hasta que viene el tranvía.

Se despide y me siento en el vehículo, pensativa. Otro buen beso. ¿Quién me gusta más? Estoy tan indecisa y distraída que casi me paso de parada.

Mi madre me ha guardado sopa calentita y una tortilla. Casi no tengo hambre, pero me sienta bien.

—¿Te ocurre algo? —dice mirándome de reojo.

—Nada… Ya sabes que soy mala con las decisiones.

—Sí, a pesar de que pareces tan impulsiva, cuando son importantes, te cuesta. Me acuerdo cuando fuimos a comprar la mochila del cole, a los doce años. Querías una rosa, pero decías que era de niña y yo me negaba a comprarte una negra. Al final, tiramos por el camino de en medio y compramos la verde.

—Me acuerdo, pero esta vez, no hay camino de en medio. Solo opción uno y dos.

—Ya veo. ¿Y por qué no te haces una de esas listas de pros y contras que hacías antes? A lo mejor te ayuda.

—Gracias, mamá, puede que lo haga.

Sale de la cocina y termino la tortilla. Recojo los platos mientras pienso en mi imaginaria lista y lo único de lo que me doy cuenta es que no tengo ni idea de qué decisión tomar.

Ni siquiera les cuento a las chicas lo de Pablo, o si no, no me dejarán tranquila. Mejor me voy a la cama con un libro romántico para soñar que el amor puede llegarme, aunque no sepa ni por dónde me viene.

Un día antes de San Valentín (13 de febrero, sábado)

Con la fiesta de mañana, mis dos amigas están tan contentas. Al final, Quique y Ágata han decidido no venir, les apetece más achucharse en el sofá y ver una película. Y a mí. Porque visto el panorama, apenas he dormido. No sé si he hecho bien en invitar a Pablo ya que iba con James. Pero el americano sigue sin llamarme o enviarme un mensaje y eso me deja descolocada. Sé que quería ir despacio, pero eso es caminar hacia atrás.

Hoy hemos cerrado la agencia y nos tomamos todo el finde de descanso, así que vamos a quedar a comer las tres por el centro. Me temo que me van a sonsacar todo y, por una parte, no me apetece.

Me siento en la cocina con mi café y dos tostadas que me he puesto y miro por la ventana. Hace tanto aire que los árboles se doblan como si fueran juncos. Esta semana está siendo tremenda. Mi madre aparece arrebujada en la bata. Por la mañana, a ninguna nos gusta hablar mucho, así que se pone el café y se sienta frente a mí. Como no me estoy comiendo las tostadas, me roba una y se ríe. No puedo evitar sonreír.

—Y que, ¿ya has tomado esa decisión importante?

—Mañana. Es mi plazo.

—Eso está bien. ¿Tiene que ver con hombres o con trabajo?

—No pararás hasta que te lo diga ¿no?

—Ya me conoces —sonríe.

—Está bien. Sí, hay dos hombres que me interesan. Uno es americano, primo de Jenni y creo que le falta arrancar y el otro es amigo de David y creo que le falta chispa.

—¿Por qué no te centras en lo que sí te gusta de ellos?

Me la quedo mirando y muevo la cabeza. La verdad es que, visto así, parecen menos malos.

—O sea, no es que tenga que elegir entre uno y otro, puedo no quedar con ninguno, pero son majos y la verdad, me gustan los dos.

—Ya, pero dos…

—Tranquila, mamá, que no voy a salir con dos a la vez. No sería ni ético ni práctico.

—¿Con quién te ves en un año o dos? —vuelve a decir mi sabia madre. Me dan ganas de hacerle una reverencia.

—Sí, bueno, creo que hay uno con el que sí me vería dentro de un tiempo.

—Pues ya lo tienes. Es cierto que hay que decidir con el corazón y tal, pero usar la cabeza también es práctico.

—Sí. Creo que iré al gimnasio un rato y luego me voy a comer con las chicas. Gracias, mamá, como siempre, me has ayudado.

Ella se pone muy contenta y, cuando llega papá, le da un beso y se ponen a cuchichear. Seguro que se lo cuenta, pero me da lo mismo. Tengo mucha confianza con ellos y no soy ninguna cría, aunque a veces me dé por comportarme como una adolescente.

Me cambio y voy andando al gimnasio. No sé si mis amigas van a ir o no, porque hemos quedado a las doce para tomar un café y luego ir a comer. Dejo todo en la taquilla y me voy a la sala de cardio. Jorge está ya trabajando. Me saluda y me dice que vaya haciendo veinte minutos de estática para entrar en calor.

Mientras pedaleo a toda velocidad, sin pensar en que mañana posiblemente no me pueda mover de dolor, pienso si habré tomado la decisión adecuada. Ojalá tuviera una mochila verde para elegir, y no es que por obligación tenga que salir con uno de los dos, pero realmente me apetece.

Tengo esas mariposillas en el estómago como cuando tenía quince y me enamoré del chico más guapo de la clase, de Carlos. El día que me pidió salir fue uno de los más felices de mi vida. Y eso que él luego no resultó ser como yo esperaba. Fue bastante decepcionante. ¿Será eso? ¿Y si creo que si elijo me voy a llevar un chasco?

—Ey, hola —me dice James acercándose a mí—. Estás muy concentrada.

—Sí, aquí, pensando —digo sin dejar de pedalear.

—Yo te iba a llamar, pero no sabía si querías volver a quedar.

—¿Por qué no querría quedar de nuevo? —digo y dejo mi actividad.

—Quizá esperabas algo que no ocurrió —me contesta algo apurado.

—Lo pasé muy bien y no estoy decepcionada de esa noche. Quizá de que no me quisieras llamar. O sea, podría haberte llamado yo también.

—Sí. Es verdad. ¿Y si quedamos luego?

—No puedo, lo siento.

Se acerca Pablo y, sin venir a cuento, me planta un beso en los labios. Cuando consigo retirarlo, James se ha ido.

—Pero ¿qué haces? —le digo apartándolo y buscando a James. No lo encuentro por ninguna parte y tampoco voy a entrar en el vestuario de chicos. Me cambio a toda velocidad y salgo a la entrada. Espero, pero no lo veo. Ha sido más rápido. Lo llamo y me cuelga.

Ahora sí que la he fastidiado. Vuelvo a casa desanimada y me ducho. Menos mal que no están mis padres. Me acerco caminando hasta donde hemos quedado, en el centro. Sigo enviando mensajes a

James, pero no los lee. Sí, él era quién había elegido, con quien me veo dentro de un año o incluso más. No me importa que quiera esperar a tener sexo, sé que me desea, no es el problema.

Mis amigas vienen juntas y me saludan. Al ver mi cara alargada, se sientan a mi lado sin quitarse el abrigo. Las miro con los ojos a punto de estallar.

—La he fastidiado totalmente.

—A ver, cálmate y cuéntanos —dice Jenni. Se quitan los abrigos, porque intuyen que va para largo.

La camarera viene y pedimos tres cafés con leche y unos pedazos de bizcocho de calabaza. Creo que necesito azúcar para que mi cerebro funcione.

Ellas esperan pacientemente hasta que empiezo a hablar y les cuento todo, hasta lo que me ha dicho mi madre esta mañana.

Alicia suelta un silbido.

—Sí que la has fastidiado.

—¡Ali! —riñe Jenni—. A ver, no creo que todo esté perdido, solo es cuestión de que lo aclares con James.

—Si hubieras visto lo rápido que se fue, no dirías lo mismo. No quiso ni mirarme, ni esperar a que yo pudiera explicarle.

—Y qué mal Pablo, ¿no?

—A ver, supongo que fue celos o marcar territorio —digo molesta—, eso me confirma que él no es mi tipo. O sea, es majo, pero no para mí.

—Ya veo. Pues algo hay que hacer para que te reconcilies con el guiri —dice Alicia, que ya está maquinando algún tipo de plan.

—A lo mejor no le intereso. Quizá si realmente estuviera colado por mí, habría hecho algo.

—¿Qué quieres? ¿Que se pegue con Pablo? —dice Jenni moviendo la cabeza—, eso ya no se lleva. Dos tiarrones dándose de leches por ti.

—Oye, pues mola —dice Alicia—, o sea, es muy primitivo y a lo mejor machista, pero que dos tíos lleguen a las manos por conseguirte...

—No soy ningún premio, niña —le digo molesta—. Sé que es pronto, no es que esté ya locamente enamorada de James, pero quiero darnos una oportunidad para conocernos y ver si funciona.

—Entonces, lucha por él. Preséntate en su casa, dile lo que sea y haz que te escuche. No sé, hablando es posible todo —dice la sensata del grupo.

—Ya lo sé, pelirroja. La cosa es que quiera hablarme —suspiro—. Bueno, no quiero pensar más en ello. Háblame de los preparativos de la boda.

—Ayy, tengo tantos nervios —dice Jenni, pero sus ojos brillan como nunca—, vamos a hacer una boda muy romántica y la semana que viene quiero ir a ver el vestido, con vosotras, si podéis, —las dos asentimos como locas—, y tengo dudas de si llevar el pelo suelto o recogido.

—Eso la peluquera te lo dirá. Ve a hacer pruebas a ver qué tal te queda uno u otro —digo pensativa—, y, por cierto, las madrinas no tendrán que llevar vestidos iguales, ¿verdad?

—Nooo, eso no será necesario. —Suspiramos de alivio—, pero sí que podéis ir coordinadas, o sea, un poquito solo.

—Sin problema —decimos ambas.

—Habréis invitado a Robert, ¿no?

Jenni se pone colorada como solo las pelirrojas pueden hacerlo. Ella se lio con el primo de David las pasadas Navidades, pero liarse, liarse, con momento carnal y todo y ahora no puede mirarlo a la cara sin pasar una vergüenza tremenda. Pero fue justamente por ese motivo que David reaccionó y ella se dio cuenta de que estaba enamorada de su amigo de toda la vida.

—Sí, lo hemos invitado —dice por fin—, y, según David, está muy molesto porque ahora mismo no sale con nadie. Imagínate, tan ligón y no consigue mantener más de un mes una relación.

—A lo mejor es porque solo le gustan las pelirrojas —digo riéndome y ella vuelve a sonrojarse.

—No lo creo. Eso fue pasajero. Me tendréis que ayudar a elegir la tarta —dice, cambiando de conversación.

Alicia y yo sonreímos y seguimos hablando de tartas, tocados, invitados y demás. Organizar una boda es una tarea titánica y a mí me dan escalofríos todo lo que está nombrando. Creo que cuando me case yo, si es que llega ese momento, prescindiré de todo esto. Me gustaría algo sencillo, en el ayuntamiento y luego irnos a comer con la familia. Así, nada más.

Los padres de Jenni y de David son muy amigos y tienen mucha familia, así que va a ser algo multitudinario. Pero lo importante es que ambos son muy felices y que el día que se casen, dentro de unos cuatro meses, será el más importante de su vida.

San Valentín, 14 de febrero, domingo

Ha llegado el día de la fiesta. Me doy un baño caliente porque sí, aunque no llegué a veinte minutos de bicicleta, tengo agujetas. James no me contestó en toda la tarde y no me atreví a ir a su casa, aunque mis amigas me insistieron. Al final voy a resultar la menos lanzada de todas.

Me seco el pelo y me lo dejo rizado. Llevaré una camisa negra con mangas transparentes y con algo de escote y una falda negra, cortita con botas. Creo que se nota que con eso quiero llamar la atención.

Pablo me ha enviado un mensaje al mediodía disculpándome y diciéndome que nos veremos en la fiesta. Que ahí podemos hablar.

Eso le viene muy bien a Alicia porque dice que su plan es poner celoso a James y hacer que se lance a tomar una decisión. Pero no me suena bien. O sea, el americano es muy discreto y no creo que reaccione de esa forma.

Aun así, las dejo hacer, porque no se me ocurre otra cosa. Jenni me asegura que va a ir a la fiesta, porque le ha pedido que la acompañe, ya que David se retrasará. A eso no se ha negado.

Y el pobre David ha aceptado ir más tarde, ya que está metido en el ajo.

Estoy de los nervios. Me visto y me arreglo. Mi melena rubia cae sobre la espalda y mi madre me hace una foto con el móvil. Esto parece la graduación. Por estas cosas estoy deseando tener mi propia casa, aunque sé que lo hacen con cariño.

He quedado con Alicia y Jorge, para no ir sola, ya que me niego a entrar con Pablo. El ambiente ya está animado. Miro con admiración los toques fucsias y dorados de todo el local y sí, son llamativos, pero también elegantes y apropiados para un club nocturno de copas. Hay una zona de baile, donde ya hay gente moviéndose, y dos barras, una a cada lado. Al fondo, sillones para sentarse y hablar o lo que sea y también hay mesas altas con varios taburetes alrededor. La verdad es que está bonito.

Jenni se acerca con James que aprieta los labios cuando me ve. Le sonrío.

—¿Puedo hablar contigo un momento?

Mis dos amigas se van y nos dejan solos, por lo que no le da tiempo ni a decir que no. Nos sentamos en unos de esos taburetes altos y él se me queda mirando, esperando. Lleva su camisa negra y tejanos y el pelo algo alborotado. Sus profundos ojos azules me vuelven loca.

—Eso no fue lo que tú crees —empiezo a decir. Me sudan las manos y necesito beber algo frío.

—¿Ah no? ¿Qué fue entonces? —dice serio.

—No estoy saliendo con él. Solo fue un beso. Nada más.

—Puedes hacer lo que quieras, eres una mujer libre.

Hace un gesto para levantarse y le cojo la mano.

—Por favor, James.

—Déjalo, Cris. No me gustan esos juegos. Pensé que la noche anterior habíamos conectado, pero si no tienes claro qué te interesa, a lo mejor necesitas tiempo o espacio.

Se va sin que pueda decirle nada. Es cierto, ahora sé que fui algo tonta y que él me gusta de verdad. Alicia me trae un ron cola y ambas se sientan a mi lado.

—Mal, ¿no? —dice la pelirroja.

—Sí. Es demasiado tarde.

—No te rindas, Cris —me dice Alicia—, venga, anímate.

Jorge viene y se la lleva, y ella me mira con una disculpa, pero la entiendo. Su novio está todo el día trabajando en el gimnasio y le apetece estar con él. David ya ha llegado y se sienta con nosotras. Otra vez estoy en medio.

—He visto a James muy serio. Se quería ir, pero le he dicho que luego tenía que hablar con él.

—Muy bien hecho —dice Jenni y le planta un beso en los labios.

—¿Qué ocurre? ¿No ibas a hablar con él?

—Sí, pero sin éxito.

—Creo que es muy testarudo. Igual tienes que insistir. Saca ese carácter que tienes, Cris —dice David.

—A lo mejor tengo que hacerlo.

Me bebo lo que me quedaba de un trago y me pongo de pie. Voy a buscar a ese hombre y decirle cuatro cosas. Miro a un lado y otro. No es que el club sea muy grande, pero no logro verlo. Cuando cruzo por la pista, un chico me coge de la cintura y me hace bailar. Voy un poco mareada, pero él no es James, así que me intento soltar y el tipo no me deja. No me queda otro remedio que darle un pisotón bien fuerte, y salgo casi disparada hasta tropezar con una pared humana.

—Iba a ayudarte —dice James con sus brazos en mi cintura.

—Ya ves que no necesito un caballero andante que me salve, pero es agradable que me abraces. —Él comienza a retirar las manos, pero yo no le dejo—. En serio, quiero hablar contigo. Vamos a los sillones.

Lo cojo de la mano y me sigue, nos sentamos y él se queda a la espera.

—Mira, James, yo no he querido engañarte en ningún momento. O sea, me sentía atraída por ambos, esa es la verdad, pero ya lo tengo claro —digo cogiéndole de la mano.

—Supongo que soy desconfiado desde lo que me pasó.

Me cuenta brevemente la historia de la tal Melinda y me siento algo abatida.

—Confiaba en ella y me encariñé mucho con el que supuestamente era mi hijo. Supongo que, desde entonces, soy muy sensible a cierto tipo de temas.

—Te entiendo, de verdad que lo hago. Pero no todo el mundo es Melinda. Si salgo con alguien, soy fiel y si alguna vez se acaba, lo digo a la cara.

—Lo sé, David me dijo que eras muy directa —sonríe.

—Lo que quiero decir es que me gustas mucho, James. No sé dónde nos puede llevar esto, porque solo hace diez días que nos conocemos, pero como tú has dicho antes, hemos conectado y podríamos intentar ver qué pasa.

—Tú también me gustas mucho, aunque no sé si puedo llevar tu ritmo. Desde que hice ese viaje por México, me pasé el tiempo estudiando y luego trabajando. Ya perdí incluso la práctica de divertirme.

—Eso no es problema. Podemos encontrar lo que nos gusta hacer juntos. Y el otro día, solo charlando, lo pasé muy bien.

—Bien, entonces —dice cogiéndome de la mano—, Cris, ¿quieres salir conmigo?

—Claro que sí.

Me quedo esperando algo, pero no ocurre. Pablo se acerca y me toca el hombro.

—¿Puedo hablar contigo?

Miro a James y no hace nada. Me levanto y voy a hablar con él cerca, donde se me vea. No quiero que haya malentendidos.

—Quería disculparme, pero pensé que igual inclinaba la balanza hacia mí —sonríe—, aunque ya veo que no ha sido así.

—Lo siento, Pablo, eres un tío genial y eso, pero es que él ya había entrado en mi cabeza antes.

—Ya me fastidia, porque me gustas. O sea, si el tipo se larga, avísame.

Agradezco sus palabras con una carcajada y le doy un beso en la mejilla. Luego me voy hacia James, pero en lugar de ponerme a su lado, me siento en sus rodillas.

—¿Qué quería? Me daban ganas de levantarme y…

—O sea que sí tienes sangre en las venas —me río pensando en lo que dijo Alicia.

—¿Qué quieres decir con eso?

—Nada, tonterías mías.

Lo miro y le doy un beso que despertaría a un muerto. Él acaricia mi cintura y veo que está excitado, pero me aparto, no quiero ir deprisa si él no lo desea.

—La fiesta está empezando a decaer —dice mirando la gente tan animada que tenemos alrededor. Arqueo las cejas sorprendida—, quiero decir, que podíamos ir a mi casa, encender la chimenea y hablar… o lo que sea.

Me levanto como un rayo y le cojo de la mano. Se va riendo mientras me despido de mis amigas, que aplauden. Llegamos enseguida a su casa y de repente, me da un poco de apuro.

—¿Estás bien? —me dice.

—Sí. Encenderé la chimenea.

—Vale, preparo algo de comer, si quieres.

Asiento y pongo un tronco y un papel y lo prendo. Pronto, el fuego de la pequeña chimenea ilumina la habitación. James sale con una bandeja con dos cervezas sin alcohol y algo de picar. Veníamos excitados, nerviosos, pero algo ha pasado.

Se sienta a mi lado y tomo un trago de cerveza.

James me mira raro y coge mi cerveza y acerca su rostro al mío. Me besa, y ¡joder cómo besa!

Me dejo caer sobre los cojines y él sigue explorando mi boca, mi cuello, y yo estoy deseando tocar su piel, que me ame.

Empiezo a desabrochar su camisa y él se incorpora.

—Espera —lo miro desilusionada—, teniendo una cama cómoda, quiero que nuestra primera vez no sea en el suelo, si te parece.

A mí me daría igual, pero acepto. Se levanta y cuando me levanto yo, me coge de repente en brazos y me río. Solo le falta el sombrero de *cowboy*. Él no sabe de qué me rio, pero poco importa.

Porque esa noche vamos a ser uno, vamos a disfrutar de nuestro cuerpo, y nos vamos a declarar nuestro amor, piel con piel, sin prisa y sin presión.

Epílogo

—¿Cómo es que tu primo Robert ha venido veinte días antes de la boda? —dice Jenni apurada, como siempre que lo ve. Ahora está hablando con Cris y James, que no suelta a su chica de la cintura. La fiesta de compromiso organizada por los padres de ambos está siendo un éxito.

—Porque una de las CEO de la empresa donde trabaja su madre quiere construirse un chalet aquí, a las afueras, y ha pedido que lo diseñe Robert. Se ve que le gustó mucho lo que hizo con la fábrica.

—A falta de arquitectos que hay aquí —bufa Jenni.

—Mira, por ahí viene la tal Kendall.

—¿Es americana?

—Inglesa.

—Es muy guapa.

—Pues ya han tenido el primer encontronazo. Se ve que ella es muy exigente.

Jenni se ríe. Es una dulce venganza por todo lo que ha sido y es Robert.

El susodicho se acerca a ellos y da dos besos con soltura a Jenni, que se sonroja. David la toma de la mano y la acaricia con el pulgar para calmarla.

Robert los mira y piensa que quizá podría haber sido él el novio, pero cuanto más lo piensa, menos se ve casándose.

—¿Qué tal con Kendall? —dice David y Robert aprieta los labios.

—No sé por qué he tenido que aceptar este encargo. Mi madre se ha vuelto loca. Esta mujer es insoportable.

—A lo mejor no lo es, solo tienes que conocerla un poco —dice Jenni—. Por cierto, ¿con quién vas a venir a nuestra boda?

—No lo sé todavía, hay varias opciones —dice quiñándole el ojo y se aleja hacia donde están sus padres.

—Creo que no tiene opciones —dice David—, pero vamos, cualquiera de sus amigas estaría encantada de ir a una ceremonia con él.

—El problema es que no quiere que le pesquen. Llevar uno de sus ligues a una boda familiar puede ser tomado como un paso más. A este paso estará solo siempre. A lo mejor necesita madurar un poco —contesta Jenni.

Robert se aleja de sus padres para tomar una copa de cava de la barra. Sabe que esperan de él que vaya acompañado, pero faltan veinte días para que su primo se case, y no tiene ni la más remota idea de a quién invitar.

Agradecimientos y algo sobre mí

Son casi siempre las mismas personas a las que agradezco, porque me apoyan y me rodean dándome todo el cariño del mundo. Entre ellas están mis hermanas, ellas ya lo saben, y por supuesto, mi marido y mis hijos.

Quiero mencionar también a mis lectoras, que cada vez son más numerosas, algunas están pasando de ser lectoras a amigas, y eso no tiene precio.

Muchas gracias de corazón.

En cuanto a mí, te diré, si es la primera vez que lees algo sobre mí, que soy una autora muy prolífica, que escribo sobre romántica, fantasía urbana, y romance sobrenatural. También tengo novelas juveniles e infantiles. Y todo ello está dividido en dos perfiles:

Anne Aband para las novelas románticas, románticas sobrenaturales e infantiles.

Yolanda Pallás, mi verdadero nombre, para las de fantasía épica, y aquellas en las que el porcentaje de fantasía es mayor que el de romántica, así como una de crecimiento personal.

En www.anneaband.com puedes descargarte GRATIS una de mis novelas al suscribirte.

En www.yolandapallas.com también tienes un regalo gratis al suscribirte.

Utilizo varias redes sociales, pero donde estoy más activa es en Instagram, así que, si te apetece, búscame como @anneaband_escritora.

No me queda nada más que agradecerte que me leas y espero que hayas disfrutado de esta novela dulce y corta, con mucho amor y ternura, ambientada en la Navidad.

Si te apetece, me encantará que me dejes algún mensaje o comentario en redes o en la plataforma donde has descargado este libro. Los comentarios de aliento los recibo con mucho cariño y me animan a seguir creando textos bonitos para ti.

Así que, lo dicho, muchas gracias y nos vemos en la siguiente novela.

24 días antes de Navidad

¿Quieres saber cómo David y Jenni llegaron a pasar de amigos a comprometerse?

Sinopsis:
Faltan 24 días para Navidad y una reforma que realizar.

Jennifer tiene clara dos cosas; una, que David es su mejor amigo, y dos, que Robert es un chulito insoportable. Los tres son arquitectos y suelen trabajar juntos.

La reforma de la casa de los padres de David los une esta Navidad en la casa de los padres de Jennifer. Además, les acompañan varias personas más: la amiga y el hermano de Jennifer, la hermana de David y la socia de Roberto, que hacen que todo se revolucione.

Un cambio en la actitud de Robert lo acerca a Jennifer, que siente curiosidad y algo más. Pero su amistad con David es muy fuerte y hace dudar a Jennifer.

¿Será capaz de decidir entre dos hombres tan interesantes pero diferentes?, ¿sabrá elegir entre la amistad y la atracción sexual?

Encuéntrala en amazon: https://relinks.me/B09KQZLSRJ

¿Te gustan las novelas de Navidad?

¡¡Aquí tienes alguna!!

Bree acaba de descubrir que su novio, el que fue el más guapo del instituto, le es infiel con su mayor enemiga. Pensar que ella que quiso ser abogada para estar junto a él. ¡Cómo pudo ser tan tonta!

Dough, el amigo escocés de la familia, siempre ha estado enamorado de Bree. Como los padres de ambos eran socios, él iba a pasar cada verano con Mark, el hermano de Bree y con ella. Él fue un adolescente con algo de sobrepeso y ella se convirtió en la más bonita del Instituto, o al menos eso le parecía a él.

Una desagradable discusión hizo que Dough no volviera más, y tras diez años, vuelven a reencontrarse. Bree sigue siendo bonita, pero no se espera que Dough haya crecido y se haya convertido en el hombre atractivo que es.

Sin embargo, la relación podría ser complicada por temas empresariales, por lo que se alejan y se acercan confusos.

Las Navidades y la boda de la tía de Bree hará que todo cambie radicalmente.

https://relinks.me/B08MPP3MK8

Caroline pensaba ir de crucero con su novio, si no fuera porque él la dejó unos días antes. Claro que, en el fondo, ella se sintió aliviada, porque se dio cuenta de que no estaba enamorada. Así que se va a marchar con su amiga Sarah.

Alessandro no piensa en atarse con nadie, sobre todo, desde lo que le pasó a su hermano. Él comenzará a trabajar en el crucero, encargado de las actividades lúdicas.

Cuando ambos se encuentran bajo el muérdago, algo mágico y único sucede.

¿Podrán superar los problemas personales? ¿Serán capaces de admitir su mutua atracción?

Pasa un rato divertido con esta novela corta ambientada en la Navidad.

https://relinks.me/B08NHJQM9R

Susan Edwards viaja a Edimburgo para ayudar a su antiguo profesor con una excavación en unos terrenos de su propiedad.

Ella no espera encontrarse con un atractivo escocés que va a trastornar sus planes.

Sean McDall admira la pasión de la preciosa morena por la arqueología. Le encantaría ser el foco de su atracción.

Susan no sabe qué hacer con respecto al escocés. Él no sabe si marcharse o quedarse.

Al final, un acuerdo sorprende a todos y acaba con una Feliz Navidad.

Lee esta novela corta romántica ahora y ¡disfruta del amor y la Navidad.

https://relinks.me/B08NPSTMBF

SAGA AVALON

Esta serie de cuatro libros cortos se compone de cuatro historias románticas que suceden en la ciudad de Avalon, en la isla de Santa Catalina. Los protagonistas viven o pasan por ahí y se enamoran del lugar y de las personas que viven.

Mira la sinopsis de cada uno:

Primero San Valentín y luego tú

Liz Glatz parece muy feliz en su nuevo trabajo en Los Ángeles. Ella viene de Avalon, una pequeña ciudad en la Isla de Santa Catalina, donde su hermana Sarah prepara exitosas fiestas de San Valentín.

Otra vez le tocará ir sola a menos de que se invente un novio. En su empresa hay alguna opción, pero no lo tiene claro.

Lewis Watson se ha fijado en la pelirroja, pero es callado, y no se mete en los asuntos de los demás.

Liz le propone un trato: hacerse pasar durante tres días por su novio.

Ella no quiere intimar demasiado, él no sabe cómo decirle lo que siente.

¿Conseguirán entenderse y cumplir sus sueños?
Encuéntralo en Amazon:
https://relinks.me/B08VKK6N7Q

Una ola de calor y un corazón roto

Sean Watson ha sido siempre un calavera, un ligón. Pero desde que se hizo cargo de la empresa, todo su esfuerzo se dirigió hacia el trabajo. Eso, al final, le pasó cuentas.

Winnie Holmes es médico. Amiga de Liz Glatz y recién llegada de Avalon, ha comenzado a trabajar en un centro médico privado que se encarga de hacer revisiones médicas a los trabajadores de Wallace & Barnes entre otras empresas.

Un nuevo paciente con un amago de infarto aparece. Es un tipo muy atractivo, con ojos azul como el mar y terriblemente ocupado.Ella se siente atraída por él, pero sabe que no es su tipo. Él es de los que dedican el cien por cien de su tiempo al trabajo y nada a su vida personal.

Pero la vida le ha dado un aviso y el hombre decidirá pasar unos días de vacaciones en Avalon con su hermano, para evitar la ola de calor de Los Ángeles y el infernal trabajo de llevar una compañía tan grande.Allí encontrarán cosas en común que nunca podrían haber imaginado. Sin embargo, las vacaciones se acabarán y esa cercanía también.

¿Serán capaces de continuar ese momento ideal que tuvieron en la isla?

Encuéntrala en Amazon: https://relinks.me/B092NZ4RSD

100 palabras y un cangrejo al sol

Después de que Chris la dejara con la excusa de que ella no saldría de Avalon, **Sarah Glatz** se centró más si cabe en su trabajo. En el hotel han hecho reformas y han añadido algunos nuevos servicios que está atrayendo a más público durante el invierno. La han ascendido a directora y ahora ella está al cargo. Mucha responsabilidad sobre sus hombros.

Además, está de los nervios porque después de organizar la boda de su hermana, muchas de las jóvenes de la isla se ha animado a celebrarla en el mismo hotel. Está feliz de que su hermana esté formando una familia. Además, han comprado una casa junto a la de la abuela.

Para colmo, un atractivo danés llamado **Erik Bentsen**, ha llegado a la ciudad y se hospeda en el hotel. Ella está ligeramente mosqueada, porque los nuevos dueños del hotel son de Dinamarca, y recibió hace días un email algo incómodo. ¿Este hombre está de paso o ha sido enviado por la empresa para fiscalizar lo que hace?

Sarah se prometió no sentir nada por nadie y menos por alguna persona que la pudiera alejar de su querido Avalon.

Erik descubre una forma de vivir distinta a la suya.

¿Serán capaces de tomar decisiones profesionales importantes a cambio de estar juntos?

Encuéntrala en Amazon :https://relinks.me/B098QFR4JH

Un vikingo moreno y un Santa Claus a la fuga

A **Deb Seward** la Navidad le pone muy romántica. Ella tiene claro que Nick Canon es el amor de su vida, aunque él no lo sepa. Es atento, un poco loco, bohemio y baila de maravilla. Durante los meses que trabajaron juntos en el hotel comenzaron un romance y ella está loca por él pero…

Jürgen Bentsen es enfermero, pero una mala experiencia le hizo dejar la profesión. Así que estudió gestión hotelera y se metió a trabajar en la empresa de su primo Erik. Ahora tiene que viajar a Avalon, para hacerse cargo del hotel durante un par de semanas, ya que los actuales directores, Ashton Holmes y Julia Moon, tienen que viajar a Pekín, para pasar las Navidades con su familia.

Cuando Jürgen conoce a la dicharachera y preciosa Deb, siente que esa americana le está robando el corazón, y hará lo posible para que ella se fije en él. Incluso vestirse de Santa Claus en la fiesta de Navidad que se organiza en el hotel.

Pero todo no saldrá como él ha pensado y las dificultades se le acumulan. Sobre todo, cuando tiene que recordar su pasado como enfermero por un acontecimiento inesperado.

Deb se sentirá atraída por el grandullón, pero duda entre una vida de diversión y otra de tranquilidad.

¿Será el corazón o la cabeza lo que le haga decidirse?

https://relinks.me/B09JQBWJ8Q